時を戻った私は
別の人生を
歩みたい

ジャンニーノ・チスタリティ
パロン医師からの紹介でユリアに魔法を教えることになった、王宮の魔法使い筆頭。魔法の実力は折り紙付きで、陛下からも一目置かれている。
エメ
ユリアの侍女。常にユリアのことを第一に思って行動している。
ユリア・オズボーン
オズボーン伯爵家の令嬢で、王太子のランドルフと婚約していたが、嵌められて処刑されることに。
主な登場人物

ヴェーラ・ヴェネジクト
ヴェネジクト公爵家の令嬢で、ランドルフを唆してユリアを処刑させた張本人。
ランドルフ王太子
ラーガンド王国の王太子で、ユリアの婚約者。ヴェーラと一緒にユリアを糾弾する。
ジョーン
街の食堂でユリアと出会った謎の人物。チャラチャラしているが、魔法については相当な実力者。

Contents

時を戻った私は別の人生を歩みたい

まるねこ

イラスト
鳥飼やすゆき

プロローグ

暗い牢の中で私がどれだけ泣き叫んでも、騎士服を着た男たちは下品に笑うだけで誰も助けてくれない。

「このような扱いをして良かったのですか？　仮にも殿下の最愛だったのでしょう？」

「……」

彼らは笑いながら自白を促すように私を責め立て、体中にあざができるほどの暴力を振るい執拗に責めてくる。ランドルフ殿下は私が暴力を振るわれる様子を見た後、無言でその場を去っていった。私は痛みに耐え、気づけば気を失っていたようで暗い牢の中で放置されていた。

明かり取りの窓があるだけの冷たい牢。

助けを求めようにも声は枯れ、動く気力もない。

家族も友人たちも……誰も私を助けにきてはくれない。

どれくらい経ったのかも分からない。

一日に一度だけ与えられる水と硬いパンが置かれたのは何回目だっただろうか。

「おい、出ろ」

現れた仮面の男たちは私に魔法錠を嵌《は》めた。私は無理やり歩かされ、向かった先は広場の中心に設けられた処刑台だった。彼らは私を無理やり跪《ひざまず》かせ、首を台に固定する。

「この者はランドルフ王太子殿下を毒殺しようとした。本来なら毒殺であるが、この女は他にも男を誑《たぶら》かし、国家の転覆を図ろうとしていたため、この場での公開処刑となる」

処刑人がそう高らかに宣言した。処刑を見届けるのは広場に集まった人々とランドルフ王太子殿下。その隣には震えながら殿下の腕にしがみついている赤髪の女、ヴェーラ・ヴェネジクト侯爵令嬢がいた。怯《おび》えているように見せながら私を見てニヤニヤと笑っている。

あぁ、私は彼女に完全に嵌められたのだ、とその瞬間理解した。

口には布を噛まされているため声も出せない。

ただランドルフ殿下を睨みつける。

瞬きもせずに。

そして、私はこの世を去った。

◆◇◆◇◆

「……様、ユリアお嬢様」

誰かが私を呼ぶ声がする。重い瞼《まぶた》を開けると、侍女のエメが私を揺すっていた。

……エメ？

随分若いわ。これは夢なのかしら。

「エメ？」

そう声を出すと自分の声も甲高い。ふと自分の手を見ると、小さな手に驚く。

「エメ！　鏡を持ってきてっ」

「ユリアお嬢様、大丈夫ですか？　まだ寝ぼけていますか？」

自分の頬を触り、体を確認する。そしてエメの持ってきた鏡を見てこれ以上ないくらいに驚愕《きょうがく》した。

幼くなっているわ！

さっき、処刑され、た、はず。なのに子供に戻った⁇

そう気づいた途端、殺される前の光景がフラッシュバックする。

「いやぁぁぁ。助けてっ。助けて！　誰かぁぁ」

怖くて泣き叫び、ガタガタと震え、動くこともままならない。

嘘よ、嘘よ。あれは嘘。夢、夢なの。

怖い、思い出したくない。誰か。

「お嬢様⁉　す、すぐに旦那様をお呼びします」

私の尋常でない様子に、エメは気が動転しながらも父を呼びに部屋を出ていった。

「ユリア！　大丈夫か？」

父のブライアンと母のペリーヌは、震えながらブツブツと呟いている私に驚いたようだ。

「いやぁぁ、あっちへ行って‼　あんたたちなんて大嫌い！　誰も助けてくれなかったじゃない！　嫌いよ！　あっちへ行って！」

そう泣き叫び、私は気を失ったみたい。

◆◇◆◇◆

「ふむ。目が覚めましたかな？」

医者のパロン先生が私の目を開いて覗き込んでいた。

「パロンせんせい？」

先生は私の額に手を翳《かざ》して魔力を流し、異常がないかを確認している。

「突然叫びながら倒れたと聞いたのだが、何かあったのかな？」

……何かあったのか。

その言葉にまた記憶が蘇《よみがえ》る。嫌な記憶。辛い、苦しい、死んでしまいたい。

「いやぁぁ」

私はまた叫び、のたうち回る。やめて、やめて、私を殺してと。

その様子を見たパロン先生は、私の目に手を翳し、私の瞼は重くなった。

◆◇◆◇◆

〈パロン医師視点〉

『パロン医師、急いでオズボーン家へお願いします』

緊急の伝言魔法が私の部屋へと飛び込んできた。

何があったのか？　助手を連れて私は急いでオズボーン伯爵家へと向かった。邸《やしき》に到着すると、邸内は使用人たちが動き回り、いつもとは違い慌ただしく見える。

「いったいどうしたのですかな？」

慌てて玄関ホールに出てきた執事に聞くと、伯爵家の長女であるユリア様が急に狂ったように叫び、震えだして尋常ではない様子だという。

3歳になったばかりのユリア様が狂ったように叫ぶ？　私は疑問に思いながらもユリア様の部屋へと急いだ。

ユリア様は私が来た時には意識を失っている状態だった。

「先生、ユリアはどうしてしまったのでしょうか？」

ユリア様が落ち着いている間に診察するが特に問題はない様子。私が寝ているユリア様の目を覗き込んでいると、ユリア様は目を覚ましたようだ。声をかけた途端、何かを思い出したように恐怖に慄《おのの》いて叫び始める。このまま叫び続けていると魔力暴走を引き起こしかねないと判断し、私は強制的に彼女を眠らせることにした。

「パロン先生、ユ、ユリアは」

「体に異常は見当たらない。何か過去にあったのですかな？　一瞬何かを思い出したような表情をした後、取り乱し始めたように見えたのですが」

「それが、私たちにも分からないのです。急に叫び始めたものですから」

夫妻の様子からも虐待に遭っているようには見えないな。ただ、3歳になったばかりの幼子がこれほどまでに泣き叫ぶことも不可解だ。何か、精神にとてつもない負荷がかかっているように思われる。

「伯爵様、今日のところはこれで帰ります。私の方で過去に同じような症例がないかを探してみます」

私はそう言うしかなかった。

1章　夢見の魔法

目が覚めると夜になっていた。夜は暗くて怖い。あの湿った土臭さとカビの臭いを思い出してしまう。

怖い、怖い。

怖がる私を心配してエメはずっと側《そば》にいてくれている。

「お嬢様、エメは側におります」

「エメ！　エメ！　怖い。怖いわ。暗いのは嫌なのっ」

エメに抱きついたまま、また意識が遠のく。

意識を失うと同時にそのまま記憶もなくなってしまえばどんなに楽だろう。それからも嫌な記憶がふとした時に思い出され、幼い私はどうすることもできなくてただ泣き叫ぶだけ。最初は心配していた両親も何日かこの状況が続くと、次第にうんざりするような感じになって、ついには「皆が怯えて困る。食事の時も部屋から出てくるな」と言われてしまった。泣くことしかできない自分に嫌気がさしてくる。辛く苦しい過去の記憶を忘れたい、思い出したくない。

「パロン、先生。もう、死にたい。ココにいたくない。誰も助けてくれない」

久々に私の様子を見に来たパロン医師に泣きながら言う。

「……そうか。なぜそう思うんだい？」

「嫌よ。言えない。だって誰も助けてくれないものっ」

「大丈夫。言えば少し楽になるかもしれないよ？」

「みんな敵だわっ。嫌いよ」

「どうか、教えてほしい。先生だけでいい。他には誰にも話さないから」

パロン医師は安心させるようにゆっくりと話しかけてくる。

先生は敵じゃない。先生が本当に私の心配をしてくれているのは分かっている。ただ、自分でもどうしていいか分からないの。でも、このままじゃいけないことくらい理解しているわ。

「……エメ以外みんな下がってて。そこの助手もっ」

そうして先生とエメだけを残し、他の人たちを部屋の外へと追い出した。エメはずっと私に寄り添ってくれている大事な侍女。彼女なら私の話を聞かれても問題ない。

彼女は過去に私が牢に収監される時「お嬢様は何も悪いことなどしていません」と最後まで抵抗して殺されてしまったの。

「先生、これにサインしてちょうだい」

私は机の引き出しから1枚の紙を取り出し、魔法で書き上げた魔法契約書を渡す。「私が話す内容を一切漏らさない」と書いた紙。まさか小さな私が魔法契約書を作るとは思っていなかったようで先生はとても驚いていた。パロン医師は了承し、契約書にサインをした。

「さて、なぜ3歳のユリア様がこのような魔法契約書を作ることができるのか、苦しんでいる理由は何かな？」

「……私は19歳で断頭台で首を刎《は》ねられたの」

ガタガタと震える体を両手で抑えるようにしながら少しずつ話をしていく。パロン医師はにわかには信じ難い様子だったけれど、3歳の女の子が話す内容とはかけ離れているので信じることにしたようだ。その記憶が恐怖を呼び覚ますのだと伝えた。

「先生、ここにはいたくないの。このままでは殿下の婚約者にされてしまう。あの女に嵌められる。嫌よ！　嫌っ。怖い！　助けて、先生！」

話すうちに記憶が蘇り、恐怖で叫んでしまう。すると、先生は少し考えた後、落ち着かせるようにゆっくりと私に話をする。

「ユリア様。魔法で記憶に蓋をすることは可能だが、何か意図があって記憶を持ったまま時間が巻き戻ったのなら、むやみに記憶に蓋をすることでまた繰り返し、同じ苦痛を味わうことになる可能性もある。症状を軽くするには、今は思い出す原因となっている王都から離れるのが一番いい。だが、精神的な病気として診断することになるがいいかな？」

「……先生、この王都から一刻も早く離れたい。殿下の婚約者になりたくない。殺されてしまうわ！　そのためにはどんな病名だって構わないの。あの時、いとも簡単に私のことを見捨てた父や母の顔を見る度に思い出すのっ」

「……では診断書にはそう書いておこう。負担を軽くする方法は、そこにいる侍女の助けも必要となるがよいかな？」

パロン医師はそう言いながら鞄から診断書を取り出して書き上げていく。エメは覚悟しているとばかりに力強く頷《うなず》いた。

「先生、どのような方法なのでしょうか？」

「衝動的に死にたくなるような辛い記憶を抑えるためのものでな。夢見《ゆめみ》の魔法というのだ」

「……夢見の魔法」

何でもいい……。私はこの辛い記憶から逃れる方法に縋《すが》りたい。

「夢見の魔法をかけられた者は眠りに落ち、快楽を伴う夢や苦痛を伴う夢を見る。夢見で死を望む者は優しい夢を見たまま死に向かう傾向があると聞く。だが、愛する者や側でいつも励まし支える者がいれば、夢から覚めることの方が多い。どんな夢になるかは本人しか分からない。君は今からユリア様が目を覚ますまでの間、側で声を掛け続けなければならない。目を覚ますのは明日か、１年後か。夢から目覚めない可能性もある。君がユリア様の支えにならなければならない」

「先生、お願いします」

「お嬢様、私はどんなことがあろうともお嬢様に付いていています。先生、私は覚悟できております」

エメも私の言葉の後に続いた。

「分かった。一旦私は診療所へと戻り、夢見の魔法を使用する準備をしてくる。その後、治療を行うことにしよう」

そして診断書をエメに渡して帰っていった。


私はパロン医師が戻ってくるのをベッドの隅で震えながら待った。うんざりしていた両親もパロン医師の診断書を見ながら話を聞くと、渡りに船とばかりにすぐに領地に送ることにしたようだ。

分かってはいたけれど、やはり泣き叫び倒れる娘など欠陥品で厄介者なのだとまた傷つく。でも、ここから離れることができると思うと少しだけ心が楽になったような気もするわ。

どうやら私は領地の端の小さな町にある、祖父が昔使っていた一軒家で療養することになったようだ。

先生を待つ間にエメが領地へ向かう準備をし、後は先生を待つだけとなった。

エメは執事に暮らす場所についての話をしなければならず、私は部屋にポツンと一人佇《たたず》む。

「ユリアお嬢様、準備はできたかな？」

エメと共に部屋に入ってきた先生。

「先生、私の準備はできているわ」

「幼い子が長時間馬車での移動になる。君のご両親には、途中で倒れられると侍女たちも大変なので領地に着くまでの間眠らせていく、と話しておいたから心配はいらない」

「分かったわ。エメ、苦労をかけるけれどお願いね」

「お、お嬢様……。うぅ、エメはずっとお嬢様から離れません。ずっと支え続けます」

エメは泣きながらも私のことを心配してくれている。その気持ちが今の私にとって心の支えになっているわ。そうして私はベッドに横たわり、目を閉じる。

「では今から夢見の魔法をかけます。良い目覚めがありますように」

そうパロン先生の言葉が聞こえたのを最後に私は深い夢の中へと入っていった。

◆◇◆◇◆

――ユリアの夢の中――

ここは？

気づくと私はどこかの平原に立っていた。

この平原はどこまで続いているのかしら？

ここから何をすればよいの？

疑問に思いながらとりあえず歩いてみる。小さな体ではあまり先に進めないけれど、何もしないよりはマシだわ。

何もない。ただひたすら草原の中を歩いている。

どれくらい歩いたのか分からない。ずっと昼間のような明るさで何時間経ったのかも分からず、辺りの景色が変わることもなく、ただひたすらに歩いているだけ。

「どこまで歩けばいいのよ！」

私は苛立ちながらも立ち止まることなく歩いていた。後ろから音がして振り向くと、そこにいたのは……。

◆◇◆◇◆

〈エメ視点〉

「では、旦那様、奥様、行ってまいります」

「あぁ、ユリアのことを頼んだ。向こうの家ではすぐに暮らせる手筈になっている。良くなったらすぐに知らせるように」

「承知いたしました」

そうして執務室を出た私は護衛に指示を出した。

「さぁ、お嬢様を馬車へとお連れして。優しくお願い」

従者に抱っこされ、馬車に運ばれたお嬢様は深く眠っている様子で安心する。最低限の荷物を馬車に載せて出発の準備ができた。

「出立！」

御者の言葉で馬車はゆっくりと進み出す。最後まで旦那様たちはお嬢様の顔を見にくることがなかったことに私は悲しくなった。

お嬢様には少し前まで乳母が付いていたけれど、彼女は仕事を辞めて息子と暮らすことになり、交代するように私がお嬢様専属の侍女となった。

まだ幼い彼女は天真爛漫《てんしんらんまん》で、私はとても可愛い妹のように思っていた。けれど、突然半狂乱になり倒れた。その日以降、お嬢様は異常な行動をするようになった。心配で仕方なかったの。

旦那様たちは気が引きたいだけじゃないかとまともに取り合う様子もない。むしろ面倒だと言わんばかりの態度だったわ。私は旦那様たちの態度を見てとっても悲しくなった。

王都から家のある場所まで約1週間。

その間もお嬢様は目を覚ますことはなく、私は声を掛け続けた。食事はというと、意識はないながらも口に食べ物を運ぶとモグモグと好き嫌いせずに食べてくれている。下の方は赤子のようにお世話する。教会では毎日小さな子たちの世話をしていたから苦にはならないわ。

「君が侍女のエメかな？　ワシはこの家を管理している町長のイワンだ。……その抱えられているのがユリアお嬢様、だな。お嬢様は病気だと聞いている。幼いのに一人で領地暮らしか。この町は小さいがとても治安がいい。安心してお嬢様は暮らせるだろう。鍵はこれだ。グレアムという護衛兼料理人は後からくる。では、ワシは家に帰る。何かあればすぐに伝えてくれるといい」

町長は無骨な話し方ながらもユリアに気を遣っている様子だった。見た目とは違いとても優しいのかもしれない。家は町の中では大きな方だけど、領主の邸にしてはとても小さい木造の家だ。イワン町長が管理していただけあってすぐに使えるように綺麗になっていたわ。

部屋は従者たちの部屋、客人用と思われる部屋があった。後は倉庫と主人の部屋。護衛に、そのままお嬢様を部屋へ連れていき、ベッドに横たえるようにと指示する。さすがに長旅の疲れもあってみんなは部屋へと入っていった。

扉をノックする音がし、私は玄関へ向かうと、一人の男がひょっこり顔を出した。

「今日から護衛兼料理人として雇われたグレアムと言います。貴女がこの家の主人ですか？」

「町長はすぐに呼んでくれたのね。グレアムさん、私はエメと言います。この家の主人の侍女です。まぁ、とにかく中へどうぞ」

私はグレアムを客間へと連れていき、座らせた。

「グレアムさんはこの町の人なのかしら？」

私とそう変わらないような歳に見えるグレアムはお茶を飲んでからウンと頷く。

「俺はこの町の出身だが、料理が好きでここ数年旅をしながら各地の料理を学んでいたんだ。ちょうど先日、旅から帰ってきた時に町長から声がかかったってわけさ。そろそろ俺も定住しなくちゃって思っていたところにちょうどいい就職先を紹介されて来たんだ」

「分かりました。何かあれば町長に伝えればよいですね。護衛もできると聞いていたのですが明日から大丈夫ですか？」

「ああ。ずっと旅をしている間、魔物と戦うこともよくあったからな。もちろん騎士の学校を出ているし、問題ない」

どこまで信用して良いのか分からないけれど、人は良さそうな感じがする。ここで断って町に迷惑な奴が来たと思われるのも良くないし、受け入れるしかない。

「早速ですが、夕食を作ってもらうことは可能ですか？」

「ああいいよ。俺は住み込み可能だと聞いていたが、その辺は大丈夫か？」

「ええ。使用人の部屋がありますので使っていただいて構いません」

「分かった。そろそろ夕方になるし、飯の用意をしないとな。荷物を部屋に置いたらすぐに料理に取りかかろう」

グレアムさんは満面の笑みを浮かべている。

「と、その前に厨房を見せてくれ。あと、必要な食材も確認したい」

「えぇ、お願いします。あと、今日はお嬢様を送ってきた御者や護衛がいるのですが、明日には王都に戻ります。お嬢様の護衛は明日からお願いしますね」

「おぉ！　了解！」

そうして彼は厨房を見た後、食材調達と荷物を取りに町へと戻っていった。

翌日、護衛や御者に別れを告げてから私たち3人の暮らしが始まった。

もちろんグレアムさんにはお嬢様が魔法で眠っていることを伝えた。どうやら彼は旅の中で夢見の魔法を見たことがあったらしい。眠っているお嬢様の喉に詰まらないよう工夫された料理を出してくれ、私は時々お嬢様に声を掛ける日々が続いた。

◆◇◆◇◆

――ユリアの夢の中――


振り返ると、そこにいたのは掌《てのひら》に乗る大きさの小さな白い猫の形をしたものだった。

「夢の中へようこそ。私は貴女の心の奥に潜む貴女と言った方がいいかしら？　まぁ、難しいから案内役とでもしておいて」

「ねぇ、案内役さん、聞きたいわ。ここの平原には何もないけれど、このままずっと何もないの？この夢で何をすればいいの？」

白猫はフワリと浮かび私の肩に飛び乗った。

「今からこの草原に魔物が現れるわ。それを倒すだけよ」

「倒す？　武器なんて持っていないわ」

「魔法があるじゃない」

「昔、学院の実技で使ったことがあるだけなのに。できるわけないじゃない」

「じゃぁ、死ぬしかないわ。何匹もやってくる。持てる力を全て使い、あるもの全てを利用する。泣くだけでは誰も助けてくれないわ。ほらっ、見なさい。前から敵が現れたわ。頑張って」

白猫の言葉と時を同じくして目の前に現れたのは1匹のスライム。学生の頃、教科書に書いてあったわ。子供でも倒せる魔物。もちろん私はスライムすら倒したことはない。

これから私はずっと魔物を倒していくのかしら？　そう思いながら魔法を唱えてスライムを倒す。魔法は夢の中でも問題なく使えるみたい。むしろ以前より魔力が扱いやすい気がする。

「上出来じゃない。ほら、次も現れたわ」

また1匹のスライムが現れた。何度も何度もスライムを倒していく。

「ねぇ、案内役さん。これは私の記憶から作られているの？」

「えぇ。もちろんそうよ。貴女の記憶の引き出しからできているの。全てどこかで見聞きしたものが出てくる。貴女はずっと勉強ばかりしてきたから知識は誰よりも豊富なのよ？　魔物もそれなりに強いものが出てくるようになるわ。まぁ、最初からドラゴンなんて出てこないから安心していいわ」

私の記憶を元にしていても安心はできる気がしない。スライムだと侮って案内役さんと話をしたのがまずかった。スライムに体当たりされてしまった。

「……痛いわ」

「一応言っておくと、夢の中でも痛みはあるわ。殺されれば現実世界へ戻ることはできない。真剣に倒すしかないわ。じゃぁ、私はこの辺で消えるわ。何かあったら言ってちょうだい」

案内役さんはそう言い残して消えていった。

最初から大きな魔物だと怖くて倒せなかったと思うわ。スライムが出てきたのは助かる。

記憶の中には様々な魔物の知識が詰め込んであるからそのうち様々な魔物が出てくるのかしら。

それはそれで少し怖い気もする。

そしてスライムを何匹も何十匹も倒した後、一角兎《いっかくうさぎ》が出てきたわ。この魔物は一直線に走って突撃してくる。追突されたら大怪我するわ。私は一角兎の攻撃を避けつつ魔法を唱えて何匹も倒していく。

たまにどこからか「頑張って」「負けないで」と励ましてくれる声が聞こえてくる。その言葉に勇気づけられながら無限と思えるほどの魔物を狩り続けている。


……どれくらい魔物を狩ったのかしら。

目の前を埋め尽くすほどの魔物の群れ。

スケルトンやオーク、リザードマンなどの魔物が現れた。中には剣や盾を持った魔物やローブを着ている魔物もいるわ。どれくらい時間が経ったのかは分からないけれど、私の体は少しだけ大きくなった。魔法や敵から奪った剣を使って倒していくのも上手になったわ。辛いことを辛いと考える間もなく戦い続けた。

昼か夜かも分からない夢の世界で。何度も怪我をしては魔法で治し、何度も危機を迎えては乗り越えてきた。繰り返す戦闘で過去の弱かった自分を見つめ直すことができた。

あの時、あの女に陥れられたことを嘆くだけだった。

ただただ堪えるだけ、蹂躙《じゅうりん》されるがままだった。今ならそんな弱い自分を叱咤激励《しったげきれい》できるほど強くなった。

もう大丈夫。

私は魔物を切り、魔法で倒していく。

最後の1匹を倒した時、白猫が現れた。

「ユリア、強くなったわね。そろそろこの夢も魔法が切れて終わりがくる。ここで身につけた経験は目覚めても消えることはないわ。あぁ、ただ体は寝た状態だから鍛え直す必要があるけれどね。ここまでよく頑張ったわ」

「久しぶりね。案内役さん。今までありがとう。私はもう大丈夫よ。こんなに強くなったんだもの」

「さぁ、そろそろ目覚めて。エメが貴女を待っているわ」

「……そうね。心配かけてしまっているわね」

私は目の前に現れた階段を昇り始める。

出口の光が眩しくてギュッと目を閉じた後、ゆっくりと瞼を開けると、そこには見覚えのない部屋があった。

◆◇◆◇◆

「こ、こはどこかしら……？」

ゆっくりと起き上がり、辺りを見回す。そうだ、パロン医師に夢見の魔法をかけてもらい祖父の使っていた家に移動することになったんだった。

「エメ、おはよう」

エメは寝ている私の隣で縫い物をしていたようだ。彼女は私を見て固まり、信じられないような、奇跡が起こったとでも言いたげな表情をしている。

「ユリアお嬢様!!　目が覚めたのですね!!　うぅっ。うわぁぁぁぁん」

「エメ、そんなに泣いたら目が溶けてしまうわ。今までありがとう。寝ている間もずっと声を掛けてくれていたこと、嬉しかったわ。私はもう大丈夫よ」

大泣きしているエメを宥《なだ》めていた時、不意に扉が開かれた。

「エメ！　声が聞こえたが大丈夫か!?」

部屋に入ってきた男は料理人の格好をしている。

「グレアム！　お嬢様が目覚めたのっ！」

「エメ、この方は？」

「この人はグレアムと言って、この家の料理人兼護衛として働いている者です」

「そう、グレアムと言いましたね。いつもこの家や私たちを守っていただきありがとうございます。これからもよろしくお願いしますね」

「は、はいっ！」

　感動の再会となっている最中、ぐぅぅとお腹の虫が鳴る。

「……お腹が減ったみたい。ご飯を用意してもらっていいかしら？」

「今すぐ持ってきます」

　グレアムはそう言うと走るように部屋を出ていった。

　その間に私はエメから詳しい話を聞いた。私が眠りについて3年が経っていたみたい。どうやら私の年齢は6歳になっていた。体感的には休みなく何十年も戦っていたような気がするけれど、夢の中であまり体が成長していないと思ったのは3年しか経っていなかったからなのね。

　ずっと寝ていた私は筋力がかなり落ちていて自力で歩けないみたい。

　……まずい。全然体が動かないわ。

　魔力はどうなっているのかしら？　すぐに確かめてみた。目覚める前の何倍にも魔力が増えている気がする。休むことなくずっと魔力を循環させ続けていたからだろう。

魔力量が多くても学院の入学時に大まかに魔力の量を測られるだけなので何の問題もないわ。

それよりも目覚めた今、これからのことを考えていかなければいけない。エメに聞いてみると、父たちには夢見の魔法で寝ていたことは伏せられていた。『体調は変わらずだ』と月に一度報告の伝言魔法を送っていたようだ。父たちからの返事は今まで来たことがないと言っていたのを聞くと、やはり私に関心はないのね、という思いが頭をよぎった。邸で働いているエメの同僚がたまに伝言魔法をくれるらしいのだけれど、どうやら私に弟ができたようだ。ジョナス2歳とアレン1歳。弟が2人もできたことだし、いつ厄介払いされてもおかしくはないわね。

時間が巻き戻る前にもいた弟たち。小さい頃は「ねえさま」と呼んでどこにでも付いてくる可愛い弟だった。今の弟たちは可愛く「ねえさま」と呼んでくれるかしら?

私の今の状況を考えると、未来は少し変えられたのではないかと思っているわ。

私が病弱のために貴族の教育を受けていないとなれば相手方に迷惑を掛けることもあり、結婚の可能性も低くなる。

そもそも学院に通わないという方法もあるわ。ランドルフ殿下と婚約しないためには病気のふりを続けて領地から出ないか、貴族籍を抜けて学院へ通わないか。思いつくのはその辺りね。私にはまだ時間がある。対策をしっかりと練らないといけない。その前にこの落ちた体力を戻すことが当面の課題ね。

そこからの私の行動は早かった。今までエメに心配をかけた分頑張らないと、という気持ちで体力作りに取り組んだ。体力がなくて最初は立つことも難しかったけれど、魔法で身体強化しながら徐々に体力を付けていき、1年も経たないうちに活発に動けるようになった。

3年間家から出てこなかった私が村中を元気に駆け回る姿を見た町の人たちは驚いていたようだけれど、グレアムとエメは「病気が治った」と町の人たちに説明をしてくれたの。町の人たちは納得したのか私を優しい目で見守ってくれている。町を走り回ったり、町外れの森に探検に出てみたりと、私は年相応の遊びをしている。

時間が戻る前、王都で暮らしていた頃はお淑やかに、感情を隠して過ごしていたけれど、ここでは隠さなくてもいい。王都に戻ったとしても跡取りは既にいるの。このまま貴族を辞めて平民の冒険者になって暮らすのもいいかもしれないと思い始めているわ。

そういえば、パロン医師には目覚めたことを伝言魔法で伝えたの。詳しく知りたいと返信が来ていたけれど、領地までは遠くて診察することができないため、定期的に伝言魔法のやり取りをすることになった。王都に帰ってくることがあればぜひ診察したいと毎回伝言魔法に書いてある。

「グレアム！　エメ！　森へ出かけましょう？　魔獣を討伐したいわ」

「……お嬢様、またですか？　うぅっ。仕方がありません。準備します」

行きたくない雰囲気を全身に纏《まと》わせながらもエメは準備してくれている。グレアムは元冒険者なので問題はないらしいのだけれど、エメは王都育ち。王都で魔獣を討伐したことがなかったようで討伐は苦手らしい。私は夢で経験したことが活きているらしく、問題なく魔獣を討伐できた。現実と想像との齟齬《そご》はあるけれど、そこは仕方がない。

討伐した魔獣は町の冒険者ギルドで買い取ってもらう。そのお金はというと、３人ともギルドで預かってもらっている。２人も少額だが、使うことなく貯めている。我が家からの給料は出ているのだけれど、将来私が王都に戻った時、グレアムは失職する可能性だってある。今のうちに貯められるものは貯めておくようだ。

そして今私の使っている武器は子供用の短剣。グレアムの話では体の成長に合わせて剣も変えていかないといけないようなの。剣については夢とはだいぶ違うようね。夢の中では敵から奪った剣を使っていたの。形や大きさ、切れ味なんて気にする余裕はなかったわ。

現実世界での初心者はまず自分に合った大きさの剣を使うことを勧められた。ただ、それよりも体力が物を言うので、夢で得た感覚と一致させるためにはかなりの練習が必要なのだと分かった。ここは現実とかなり違いが出ていてとっても残念なところね。

そうして町で生活すること約10年。長いようでとても短かった。

◆◇◆◇◆

〈？？？視点〉

「ランドルフ殿下、大丈夫かな？」

「……はい」

「これから僕は解雇されて当分ここに来られなくなるよ」

「……私は、貴方に感謝しかない。いつでも貴方が戻ってこれるようにこの部屋はこのままにしておきます」

「僕から陛下に進言しておいたが、王妃は君に婚約者をあてがおうとするだろうな」

「……」

僕はバッジを外し、テーブルの上に置いた。

「本当に彼らを追放するのですか？」

「ああ。無能はいらない。君のためにも彼女のためにも。僕の作った魔道具は完璧だろう？」

「ええ、とても素晴らしい」

「今度は肌身離さず持っているようにね」

「……はい」

◆◇◆◇◆

目覚めてからの私は本当に第二の人生を歩み出した。悔いのないように色んなことにチャレンジして町での生活を楽しんでいたの。その間にグレアムとエメは結婚して男の子と女の子が生まれたわ。私は2人のお姉さんとしていっぱい甘やかしているわ。

そう、満喫していたの、この生活を。

忘れていたわけではないけれど、学院が始まる半年前に伯爵家から王都に戻ってこいと手紙が来た。

13歳から3年間、貴族は学院に通うのが一般的だ。病気という理由でずっと領地に引きこもっていたけれど、これればかりは貴族として病気でも通える時は通わなければいけない。将来の相手を探すために通っている人も多い。またあの世界に戻るのか、と思うと億劫《おっくう》になってしまう。

グレアムとエメはどうなるのかというと、やはり雇用は終わってしまうらしい。私の心配をよそに2人ともしっかりと準備していたようでこれを機会に王都に戻るみたいだ。

「ユリアお嬢様のおかげで、2人とも贅沢しなければ生涯働かなくても暮らしていけるほどの貯金があります。王都で冒険者向けの宿屋をしようと思っているんですよ！　パロン医師の紹介があり、既に場所も手配済みなのです。それに学院に入るまでは私がお嬢様の侍女を続けますし、心配しなくても大丈夫です。それよりもユリアお嬢様の今後が心配です」

エメはそう言って目を赤くしている。

「私は大丈夫よ。こんなに強くなったんだもの。それに王都の宿屋だったらすぐに会いにいけるし大丈夫よ！」

寂しい気持ちもあるけれど、エメの幸せを思うと応援していきたい。

そうして仲良くなった町の人たちにお礼を言って、５人で馬車に乗り込んだ。

楽しい日々を思い返しながら私はグレアム一家と共に王都へと戻ってきた。

2章　学院の始まり

馬車を降り、緊張した面持ちで邸へと入っていく。

「お嬢様、お久しぶりです。旦那様はただいま執務室へおられます」

「……分かったわ」

出迎えてくれたのは父の執事。私の記憶より少し若いがとても懐かしく感じる。大人だった頃の私の記憶を懐かしむように父の執務室へと向かったのだが、それを見た執事は声を掛けてきた。

「お嬢様、覚えていらっしゃったのですね」

……そうだった。

私は時間が戻る前の記憶で父の執務室を覚えていたが、今回は3歳で家を出たため、ほとんど邸のことを覚えていないはずだ。やらかしたわ。でも、まぁ、辛うじて覚えていたという感じにしておくしかない。

「入れ」

10年ぶりに聞く父の声。私は緊張しながらも旅装のまま父の執務室へと入った。

「お父様、お久しぶりです。ユリア、ただいま領地から戻りました」

「……あぁ。聞いていると思うが、ユリアを呼び戻したのは学院があるからだ。邸から通わせようと思っていたが、随分と長く領地で暮らしていたお前には邸が辛いだろう？　学院寮に入ってもらうつもりだ」

父の言い回しに内心、重い息を吐いた。私を心配しているような言い方をしているが、もう私のことは邪魔者として見ているのだろうと感じる。

「お父様、寮に入るのは問題ありませんわ。ただ、淑女科ではなく魔法科に進みたいと思っております」

前の時に淑女科の勉強と王妃教育は休むことなくやっていたので覚えているし、淑女になる気もないのでもういらないわ。

「なぜだ？」

「だって私はまともな教育を受けていないのですよ？　どこかの貴族に嫁ぐとなれば相手にご迷惑をおかけしますし、そのような嫁など伯爵家の評判が落ちる一方ですわ。ですが魔法使いなら変わった女がいても問題にはなりませんもの。それに私は幸いなことに魔力が豊富らしく、活かさない手はないかと思っております。魔法使いで名を上げれば伯爵家の名声も上がるというもの」

「……そうか。明日から家庭教師が来ることになっている。字も満足に書けぬだろうから最低限は習っておけ。魔法もしっかり教えるように言っておく。これ以上伯爵家に泥を塗らぬように」

「分かりましたわ。では失礼します」

私は執事に部屋まで案内され、旅装を解いた。以前使っていた自室ではなく案内されたのは客間だった。こればかりは仕方がないわね。血を分けた娘であっても長期間別々に暮らしていたんだもの。そして父は私が文字を書けないと思っているようだ。貴族の教育を受ける前に領地に行ったのだし、エメもグレアムも平民なので教えていないと思っているのだわ。

私がワンピースに着替えてから部屋でのんびりしていると、侍女が夕食に呼びにきた。どうやら家族で集まって食べるようだ。私は食堂で周囲を確認し、神経を尖らせながら静かに着席する。

父も母も私を腫れ物として扱っているのがよく分かる。チラチラと視線を感じるが話しかけてこない。この微妙な雰囲気を壊すのは難しい。息が詰まりそうになるのを我慢して黙々と食事をしていると……

「姉上、ずっと領地暮らしだったんだよね？　領地はどんな所なの？」

4つ下の弟のジョナスは、父たちに遠慮することなく聞いてきた。

「気候も穏やかでとても過ごしやすい所よ。町の人たちもみんな優しかったわ」

「王都と違って不便なんだよね？　田舎って何にもないって聞いたよ。暇じゃなかったの？」

「そんなことはないわ。町の人たちと協力して畑を作ったり、農作物を作るお手伝いをしたりと忙しかったわ」

「畑を耕すの？　平民と一緒に？　やだな。土臭いのが移りそうだ」

ジョナスは鼻をつまみ、ヤダヤダと手を振って馬鹿にする仕草をしている。その様子を父がコホンと咳払いし、やめるように促す。

「あら、そんなに馬鹿にして大丈夫なのかしら？　次期伯爵様が領民を馬鹿にして領地が繁栄するとは思えないけれど？」

「はぁ？　なに？　文句あるの？　この僕に？　これでも僕は家庭教師から優秀だって言われているんだぞ！　お前なんか字も書けないんだろう？」

「……やめないか。ユリアはお前の姉だ。それに療養先の町を選んだのは私だ。文句があるなら私が聞こう。ユリアもだ。ジョナスにそれ以上言うな」

父のその言葉にさすがのジョナスも黙ってしまう。それ以上誰も口を開くことなく黙々と食事は続いた。ジョナスは終始馬鹿にしたような表情で私を見ている。何か言いたそうにしていたが、父に止められて仕方なく黙っているようだ。時間が戻る前、この時期の弟たちは擦《す》れていなくて可愛い感じだったのに。今は初対面でこの言われよう。領地視察が嫌いな母が常々言っていたのか、お茶会で知り合った友達に言われたのか。

翌日から家庭教師がやってきた。

見るからに魔法使いですというような服装をしている。歳は25、26くらいだろうか。無精髭《ぶしょうひげ》を生やし、髪もボサボサ。あまりやる気が見えない感じ。

「ユリア様ですね。私はジャンニーノ・チスタリティ。パロン医師の紹介でやってきました。伯爵様からユリア様に文字を教えるようにとの話でしたが、とりあえず何ができるか見てみます」

ジャンニーノ・チスタリティですって。遠い昔の記憶では、王宮魔法使いの次期筆頭だったような気もする。パロン先生の紹介で来た人が王宮魔法使いって、先生はいったい何者なのかしら。時間が巻き戻る前の彼とは接点はほぼなかったから彼の人となりを全く知らないわ。

「ジャンニーノ先生、パロン先生から何か聞いていますか?」

「いえ、特には」

「……そうですか。多分テストをすれば分かると思いますが、私は文字が書けます。勉強についてもある程度はできると思います。先生には文字より魔法を教えてほしいです。でも、父には勉強ができると言わないでほしいわ」

「どうしてですか?」

「学院で目立ちたくないのです。それに父は勉強ができると分かれば駄目元でもランドルフ殿下の婚約者候補に立候補させるに決まっているわ」

時間が巻き戻る前、ランドルフ殿下と私は7歳の頃に婚約し、ある時までは仲睦《なかむつ》まじく過ごしていた。初めて会ったのは王宮のお茶会。シャンパンゴールドの髪に碧眼《へきがん》。柔らかく笑う彼の姿に虜になった令嬢は多かっただろう。私もそのうちの一人に過ぎなかった。2回目、3回目のお茶会をするうちに参加する令嬢はどんどん減っていき、最後には私だけになった。

「私は生涯貴女と共に過ごしていきたいと思っています。どうか婚約者になっていただけませんか？」

なんて、彼からその言葉を聞いた時には嬉しくて思わず涙がこぼれ、彼を困らせてしまった。

本当なら7歳のお茶会の時に婚約者を決めていてもおかしくないのに殿下にはまだ婚約者候補もいない状態なの。時が戻る前の記憶が残っているのか私だけなのか、ずっと疑問に思っていてそれとなく確認してみたけれど、父や邸にいる他の人たちは記憶がない様子。殿下にもないとは思うけれど、既に過去とは違うので油断はできない。

「ふむ。まぁいいでしょう。ほどほどに報告します。とりあえずテストしましょうか」

先生はどこから取り出したのか基礎の基礎のテストを私に差し出した。もちろん簡単すぎてさっと解いてしまう。

「ふむ。では次」

そう言って次は学院の1年生の問題を出してきた。その次は2年生、3年生と私は順に解いていった。何年もテストなんてしていなかったからうろ覚えの箇所はあったけれど、全て解答できた。

先生はとても興味深い様子でテスト結果を見ている。

「文字を習ったことがないというのは信じられないですね。私が教えなくても十分でしょう。ユリア様の興味があるのは魔法でしたね。これについては他の科で教わる程度の知識しか持っていないようですね。魔法は私の専門分野でもありますので教えることができます。ですが、実技は危険を伴います。伯爵家では難しいので王宮の魔法棟で練習したいのですが、通えますか？」

「王宮……。だ、大丈夫です」

殿下と鉢合わせしてしまうのではないかと一瞬考えたけれど、王宮の魔法棟に行けるのだから我慢できるわ。

そうして、学院に入るまでの間、ジャンニーノ先生に魔法を教えてもらうために毎日王宮の魔法棟に通うことになった。

通ううちに、先生が王宮魔法使い筆頭であることを知った。記憶の中では次期筆頭だったはずだけど、思い出そうとしてもその時の魔法使い筆頭の顔が思い出せない。

最初の頃は殿下に会うのではないかとヒヤヒヤしていたけれど、そんなことは起こらないまま、学院寮に入る前日を迎えた。

「ジャンニーノ先生、今までありがとうございました。明日から学院が始まります。将来、王宮魔法使いになるべきか悩んでいますが、その時はよろしくお願いします」

「こちらこそ。ユリア様のような優秀な生徒を見たことがありません。貴女ならすぐにでも王宮魔法使いになれることをお約束します。分からないことがあればいつでも連絡くださいね。待っていますよ」

まさか先生から褒められるなんて。私は軽い足取りで王宮を出ようとした時、誰かが後ろからぶつかってきた。あまりの勢いに膝をつく。

「いたっ」

「スマン、大丈夫か？」

そう言って私に手を差し出したのはランドルフ殿下の側近、マーク・カーニー子爵令息だ。第三騎士団団長の息子であるマーク様がいるということは……。

「マーク。落ち着け、ご令嬢にぶつかってしまっただろう。怪我はありませんか？」

そう言ってランドルフ殿下は私に手を差し出した。私は、一瞬体が恐怖で動かなかったけれど、グッとこらえて殿下の手を取る前に自分で立ち上がった。

「だ、大丈夫ですわ。そこの方、気を付けてくださいませっ。失礼いたしますわ」

「お、お嬢様、お怪我はありませんか？」

エメはすぐに駆け寄って私を過剰なほど心配している。その声に言葉を返す余裕もなく、殿下たちに軽く礼をしてから、私はエメと一緒に小走りで馬車へと急いだ。


「なんだあいつ。せっかく殿下が心配してやってんのに」

「気にする必要はない。おそらく急いでいたのだろう」

不満げに呟くマークを諌めながらも、ランドルフの視線は名乗らずに去っていった令嬢を追っていた。

◆◇◆◇◆

「お嬢様、大丈夫ですか？」

馬車に乗り込んだ私は緊張の糸が切れたようにガタガタと震えた。

「大丈夫、大丈夫よ、エメ。私はもう大丈夫」

記憶の蓋が少し開きかけたが、自分に言い聞かせながらエメにそう伝える。エメに抱きしめられていたが、少しすると震えも止まり、また元の私へと戻る。

「心配かけてごめんなさい。もう、大丈夫よ。随分と過去のことだし、小さな時のように泣き叫んだりしないわ」

エメは心配して邸に着くまで手を握ってくれていた。

◆◇◆◇◆

今日は学院寮に入る日だ。

「お父様、お母様、行ってきます。家庭教師を付けてくださりありがとうございました」

「あぁ。彼はユリアのことを褒めていた。学院でも頑張りなさい」

「ユリア、伯爵家の恥にならぬよう勉強に励みなさいね」

「はい、お母様。では行ってまいります」

学院が始まる半年前に伯爵家に戻って過ごしてきたけれど、残念ながらあまり家族との距離は縮まらなかった。かつて投獄されるまでは仲が良かったはずだけれど、病をきっかけに見捨てられてしまったのだと思うと少し悲しい。

学院寮では一人部屋をあてがわれ、侍女も付けない生活になるようだ。私は多くない荷物と共に馬車に乗り込んだ。

「エメ、今日で最後、よね？」

「そうです。でもさみしくはありませんよ。学院の近くにパロン先生の診療所があります。私とグレアムの宿はその3軒隣ですから、すぐに来られます」

「そうなの？　すぐにでも行きたいわ。毎週お手伝いに行ってしまうかも」

「ふふっ。だから悲しまなくて大丈夫ですよ。いつでもお待ちしております。さぁ、寮に着きました。荷物を降ろしますね」

そして私はエメと共に荷物を部屋へ運び入れて荷ほどきをする。

部屋はベッドルームと机が備えつけられており、トイレ、シャワーが完備されているようだ。貴族専用の部屋とは言い難い、かもしれない広さをしている。学院で使う教科書などは全て机上に置かれていたので、何も買い足す必要はないだろう。

大抵の貴族はタウンハウスから通学するので寮には入らない。後から知ったのだけれど、寮の部屋にはグレードがあり、私の部屋は一番グレードが高いらしい。父なりに世間体を考えてそうしたのだろう。平民でもお金のない人たちは4人部屋。食事は学院の食堂で3食摂る。もちろん街で買い物をして部屋で食べる人もいると寮母さんから聞いたわ。

エメは「家に戻ります」と言ってあっさりと帰っていってしまった。あまりにあっさりとし過ぎていたので寂しいという感じにはならなかったわ。

週末に会いに行けると思うと大丈夫な気がしてくる。

◆◇◆◇◆

〈令嬢4人のお茶会〉

公爵家の中庭で始まったお茶会。丸テーブルを囲むように座っているのはヴェーラ・ヴェネジクト侯爵令嬢、クラーラ・ブレンスト公爵令嬢、コリーン・レイン侯爵令嬢、アメリア・ハイゼン伯爵令嬢の4人だ。

「ごきげんよう。集まった理由はお分かりですよね？」

クラーラ嬢の言葉にもちろんだと言わんばかりに微笑む3人。彼女たちは王妃から内々に打診されたランドルフ殿下の婚約者候補だ。彼女たちは皆、王太子妃、末は王妃になるべく育てられた。ランドルフ殿下は見目麗しく、どの令嬢たちも自分が選ばれるために必死だ。

「あら、このお茶、美味しいわね。隣国のモルチェット産かしら？」

「さすがヴェーラ様。よくお分かりですね。今日のためだけにわざわざ取り寄せましたの」

4人とも表面上はにこやかに会話が進んでいく。

「そうそう、これから皆様と仲良く学院で過ごせるようにお友達の証として作ってきましたの。どうぞ受け取ってくださいませ」

ヴェーラ嬢がそう言うと、後ろで待機していた侍女が3人に箱を渡した。早速クラーラ嬢が開けてみると、金細工が施されただけの令嬢たちにとっては質素なネックレスと腕輪が入っていた。

「あら、素敵ね。ヴェーラ様、ありがとうございます。デザインも普段使いしたくなるくらい素敵で嬉しいわ」

「そう言っていただけると嬉しいわ。これは解毒魔法がかけられている魔道具ですのよ。これからの私たちには必要でしょう？」

「まぁ！　嬉しいわ！」

「使い方は後で侍女に聞いてくださいませ」

ヴェーラ嬢は笑顔で扇をあおいでいる。

「私も皆様とお近づきになりたくて準備したものがありますの」

「私も」

そう言ってクラーラ嬢はお香、アメリア嬢は羽根ペン、コリーン嬢は髪飾りを配った。どれも令嬢たちが喜びそうな品物。４人とも嬉しそうに笑顔で品物を受け取った。

「皆様とこうして仲良くなれて嬉しいわ。ランドルフ殿下の婚約者候補同士ではありますが、学院でも仲良くしてくださると嬉しいわ」

「本当に。良き友人でありたいですわ」

こうして4人のお茶会は終始笑顔で終わった。

◆◇◆◇◆

学院の入学式。

私は制服にローブ姿で入学式に参加した。さすがにフードを被ることはできないけれど、目立たないように魔法学科生の一番後ろの席に座った。

最初の1年はどの学科も共通の基礎科目を習うため純粋な学力でクラスが分かれるようになっている。前回はもちろん殿下や側近たちと同じSクラスだったけれど、今回は抜かりはないわ。私はAクラスに入った。家族から字も書けないと思われていたからこの成績はかなり驚かれるでしょうけれど。

式が始まり、ランドルフ殿下が新入生の挨拶をした。令嬢たちから黄色い声が聞こえてくるが、私はあの時の彼の冷たい視線をまだ忘れられずにいる。

殿下が壇上から席へ戻る時に一瞬視線が合った、気がした。

式が終わり、生徒たちは各クラスへと移動していく。私もそれにならってAクラスへと入っていった。Aクラスはほぼ貴族で、数名平民といったところかしら。Sクラスともなれば平民は1人、2人いれば良いほうだ。

クラスの中には騎士科、淑女科、文官科、魔法使い科、薬学科の人たちがいるけれど、魔法使いは私1人。薬学も1人だけのようだ。薬学科は豊富な知識が必要だからSクラスに多いのよね。魔法使いも同じ。豊富な魔力がなければ魔法使いになれない。

クラスに分かれてからは担任の自己紹介から始まり、クラスメイトの自己紹介、明日からの予定を聞いた後、解散となったわ。悲しいことにお友達はできそうにない。令嬢なら小さな時からお茶会でお友達を作ったりしているのだけれど、私はずっと領地で暮らしていたし、病気ということもあって誰も話しかけてこようとはしなかった。

少し寂しいけれど、自分が殺されないため、と思うと何てことはないわ。私は鞄を持ち、寮の部屋へと戻った。

式も終わったし、後は影のように静かに目立たないように過ごせばいい。寂しくなったらグレアムの手伝いにいけばいい。そう思うと気持ちがほぐれていく。それに合わせて、お腹が控えめに音を立てた。

そうだ、食堂でパンを貰《もら》ってくるのを忘れたわ。

食堂へ行ってみると、上級生がいないせいかそんなに混んでいないみたい。私はAランチを受け取り、外が見える席に着いた。

大きな窓から見える中庭を色とりどりの花が彩っている。

今の季節は花が元気に顔をのぞかせている。窓越しに景色を見ながら食べるのはとても素敵で私の気分も少し浮かれている。

前回は王妃教育でそんな余裕はなかったもの。王宮に向かう馬車の中でパンを果実水で流し込んで食べるだけの生活だったわ。ゆっくりと味わいながら食べるのはいいものね。

感慨深げに外を眺めながら食べていると声を掛けられた。

「ここ、いいかな？」

視線を向けると、ランドルフ殿下と友人たちがそこに立っていた。

「……どうぞ」

他が空いているのにどうしてここに来るの!?　私は内心ビクビクしながら食事のスピードを上げる。

「殿下、この後の生徒会はどうするんだ？」

「あぁ、顔を出すよ。それよりも君、先日マークがぶつかった子だよね？　学院の1年生だったんだ」

私はフードを深く被っているはずなのになぜバレたの？　動揺を隠しながら答える。

「ええ、そうですわ。その節は失礼をしました」

「ローブを着ているということは将来は王宮魔法使いかな？　でも君はSクラスにいなかったよね？　どこのクラスなの？」

殿下はなぜ突っ込んで聞いてくるの？　誰かに助けを求めようにも周りに誰もいない。側近たち、注意してよ。殿下、令嬢に気安く声を掛けるのは良くありませんって。

「……Aです」

「ランドルフ殿下、ご令嬢が困っていますよ。どうしたのですか？　令嬢に自ら声を掛けるなんて殿下らしくない」

ヨランド・ギヌメール伯爵令息が不思議そうに殿下に聞いた。

「あ、あぁ。先日のことでしっかり謝っていなかったからね。それに王宮に来るような用事とは何だったのかなと思ってさ」

「あの時の令嬢は君だったのか。あの時はぶつかってしまいすまなかった」

マーク様が明るい声で謝ってくる。

「い、いえ。もういいですから……」

「確かに。君はなぜ王宮にいたのですか？」

ヨランド様も気になった様子。あの時、自分に必死で気づいていなかったけれど、彼もいたのね。

「王宮に魔法の先生がいるからです」

私は鼓動の早さと同じく、パクパクと大急ぎで食べながら返事をする。見た目は分からないだろうけれど、テーブルの下の足はガクガク震えている。これも王妃教育の成せる技かもしれない。

「で、では食事も済んだので失礼します。後は皆様でゆっくりお食べください」

私はそう言って席を立った。まさかこんなに人の少ない時に絡まれるなんて予想もしていなかったわ。今日はもう部屋から出ないようにしましょう。

◆◇◆◇◆

「殿下、彼女が気になるのですか？」

ヨランドがそう聞いてきた。

「ん、あぁ。そうだね」

「あいつよく見れば結構可愛いよな。殿下の好みなのか？」

「……。気にはなっている、かな」

「とにかく早く食べてしまおうぜ。俺、腹減ったよ」

マークは大きな口を開けてランチを食べ始めた。

「殿下、彼女を調べますか？」

「いや、今はいいよ。ありがとう、ヨランド」

「かしこまりました」

そうして3人とも食事を始めた。

◆◇◆◇◆

翌日から早速授業が始まった。

学院のクラスは純粋に実力テストで分かれているのだが、1年生の間、午前中は全科共通の科目の勉強、午後は各科に分かれていて、騎士科は鍛錬で他の科はクラブ活動をしたり街へ出たりと各々好きな時間を過ごすことになっている。2年生、3年生になれば科ごとに分かれての活動が増えていく。魔法使い科は1年生の間は実技がないらしく、出された課題を提出するだけで終わる。

やることもない私はエメたちがいる宿屋に向かうことにした。

「エメ！　遊びに来たわ」

「ユリアお嬢様。すぐに来ると思っていました」

エメたちの経営している宿屋はギルドやパロン医師の診療所に近いため利用しやすく混んでいた。そしてグレアムの料理も美味しいと評判になっているのだとか。

「エメ、何か手伝うことはあるかしら？」

「お嬢様、子供たちも手伝ってくれているので大丈夫です。そういえば、パロン先生が診療所を手伝う人を探していました。人手が足りなくて困っているらしいので行ってみるのはどうですか？」

「分かったわ。先生のところへ行ってみるわ」

「あ、ユリアお嬢様、終わったらこっちに戻ってきてくださいね。晩ご飯を一緒に食べましょう」

「やった！　分かったわ」

そして私は３軒隣にある診療所の扉を叩いた。

「パロン先生、いますか？」

「君は？」

「ユリアです。ユリア・オズボーンです」

先生は驚いたように目を見開いた後、笑顔で私を抱き寄せた。

「良かった。心配しておったよ」

「先生のおかげで辛い過去を思い出すこともほとんどなくなりました。それに思い出しても遠い過去の記憶だと思えるようになってきています」

「それは良かった。今日はどうしたんだい？」

「昨日から学院が始まったのですが、午後の課題もすぐに終わってしまい、暇だからエメたちがやっている宿に手伝いに行ったのです。ですが、あちらは手が足りていると言われ、パロン先生の診療所は今、人手が足りないようだと聞いて来ました」

「お嬢様に手伝ってもらうのは気が引けるが、今、猫の手も借りたいほど忙しくて手伝って貰えると助かる。血を見るのは大丈夫かな？」

「先生、私は領地で魔獣の討伐にも出ていましたし、怪我人の手当てもやっていました。治癒魔法も得意ではありませんが少しは使えます」

「治癒魔法が使えるのか。それは助かるよ。ここ数日、王都外で強い魔獣が出たらしくて怪我人が続出している。魔獣を倒すまでの間、診療所の患者は途切れることがないかもしれない」

私は治癒魔法より攻撃魔法の方が得意なの。討伐に参加した方が良いのかなとも思ったけれど、エメが心配するし、領地以外で魔獣の討伐をしたことがないので不安がある。もう少し慣れたら参加してみたいわ。

パロン医師はそう言って治療室へと案内した。待合室では病人が待機していて、治療室ではたくさんの怪我人がベッドや椅子に座ったまま治療を待っている。ある人は頭から血を流し、ある人は取れた腕を抱えてうずくまっている。運び込まれた誰もが大きな傷を負っていて一分一秒を争うような状況で、私は息を呑んだ。

「先生、私は怪我人を治療していけば良いですか？」

「頼む。難しいところや分からないところは助手が側に付いているので聞いてほしい。いつでも私を呼んでくれて構わない」

私は頷いた後、一人一人丁寧に治癒魔法をかけていく。先生は病気の患者を中心に治癒魔法と薬を処方している。聖女、聖人と呼ばれる治癒魔法の得意な人ならなくなった腕を生やすことができるらしいのだけれど、医者はなくなった物は生やせない。腕などは千切れてもくっつけることは可能なので、なるべく怪我をしても落とした部位を拾うようギルドで指示があるのだ。そして治癒魔法の得意、不得意は治療の精度や治療時間に表れる。私の場合、得意ではない分、丁寧に治すために時間と魔力を多く消費してしまう。

私や先生がどれだけ治療しても、怪我人が次々と診療所に運ばれてくる。こんなに多くの冒険者たちに大怪我を負わせるほどの魔獣ってどんな魔獣なのかしら。

魔獣討伐で怪我をした人たちはギルドから一番近いこの診療所に運ばれ、パロン先生が治癒魔法で回復する。怪我は治っても失った血は魔法では回復できないため、数日間の安静が必要になるのだけれど、診療所に入院できる人数は限られている。入院できない患者はエメたちの宿に案内され、宿で静養することになる。そのおかげでエメたちも収入に困ることはないし、診療所も患者を受け入れてもらえるのでお互い助け合っている関係性のようだ。

「ユリアお嬢様、お疲れ様。交代しよう」

夕方を過ぎ、診療所を閉める時間になった。急患以外はとりあえず落ち着いて治療できるようだ。

「先生、明日も来た方が良いですか？」

「魔獣が退治されたと聞かないから怪我人は出続けるだろう。来てくれると助かる」

「では、学院が終わったらすぐここに来ますね。今日はエメたち家族と晩ご飯を食べる約束をしているので戻ります。あ、先生。私は治療院では助手の一人です。お嬢様ではありませんよ」

「分かった。では、ユリア、明日もよろしく」

「はい！　先生！」

そうして私は宿へ向かった。

宿の食堂では先ほど治療院で治療した人たちが食事をしていたわ。まだ失った血のせいで顔色は悪いけれど、食事は摂れているようで安心した。

「ただいま！　エメ、お腹が減ったわ」

エメたち家族専用のリビングでエメの息子たちとじゃれ合った後、夕食の準備を手伝い、今日あったことを話しながら家族団欒《だんらん》をして過ごした。住んでいる場所は変わったけれど、みんなとまたこうして食卓を囲むことができて嬉しい。貴族の食事とはほど遠いけれど、和気あいあいなこの感じが私には嬉しいわ。

食事をした後は寮に戻ることにした。エメが心配していたので私は認識阻害の魔法を使って帰ることにしたの。私は強いから認識阻害を使わなくても大丈夫なんだけれどね！

翌日からの数日間は、午前は学院で勉強、午後は診療所のお手伝いをしていた。パロン先生は空いた時間で私のことも診てくれたわ。夢見の魔法の効果や変わったことをしっかりと聞いて魔力も調べてくれたの。やはり魔力は何倍にも膨れ上がっていて、魔力量は国で一、二を争うくらいの量みたい。

夢で自分なりに使っていた剣術については、過去にどこかで見たものを真似るようになったのかもしれないし、全くの想像で作り上げたものなのかもしれないのだとか。

先生は興味が尽きないと話をしていたわ。私は夢見のおかげで心身共に強くなったし、先生には感謝しきれない。

1週間ほど経った頃、ようやく魔獣の討伐が終わったみたい。こんなに時間がかかるものなのね。知らなかったわ。

先生が言うにはリザードマンという爬虫類系の魔獣が数十匹の群れで王都近辺に出没していたら

しい。数が多いし1匹が強いので、全てを倒すまでに時間がかかったのだとか。私ならズバーンと攻撃魔法を使って一人で倒せそうな気がするわ。

患者の数も落ち着いたので毎日来なくていいようになったのだけれど、治癒魔法の練習も兼ねてパロン医師の診療所には週に1度お手伝いに行くことにしたの。先生も手伝ってくれるのは嬉しいと受け入れてくれたわ。少しずつ自分でもできることを増やしていかなければ。今の私は将来魔法使いになりたいと考えているけれど、冒険者として生活をするのか王宮魔法使いとして働くのかも考えていかなければ、ね。

貴族である限り私は家族から利用されるのかしら……。

少し不安になりつつ、今日も診療所に行く。そうそう、私にも学院でお友達ができたの！　リーズというお友達。彼女の家は大きな商会を経営しているのだけど、彼女は王宮の文官を目指している。私は学院が終わった後、食事を中庭で摂るようになっていたのだけれど、彼女もそこで食事をしていて自然に仲良くなった感じなの。話も合うし、いつも一緒にいるようになった。

ランドルフ殿下にはあれから会っていないわ。クラスも違うし、彼らは生徒会に入っているから忙しいようであまり会うこともない。会うとすれば食堂だけれど、私は中庭で食事しているので今のところ鉢合わせはしていない。

「ユリア様。部活に入るの？」

リーズはいつものようにパンをちぎりながら聞いてきた。

「いいえ。入る予定はないわ。午後は色々と行くところがあって忙しいもの」

本当は学院内に長時間とどまって殿下たちとの接触の機会を増やさないようにしているのだけれど。

「リーズは部活に入るの？」

「ううん。でも、生徒会に勧誘されているわ。会計をお願いしたいって。どうしようか迷っているのよね」

「生徒会の会計って凄いじゃない。Ｓクラスを押しのけて。凄いわ」

私は素直に褒める。何百人といる生徒の中で生徒会に入るのはほとんどＳクラスの人。Ａクラスはよほどの優秀な人しか声は掛からない。それに今年はランドルフ殿下や側近たちが生徒会に入っているから狭き門なの。

ランドルフ殿下に近づきたい人はたくさんいるからね。

「んーでも、私が文官科で実家が商家だから会計って安直よね。Ｓクラスにも優秀な人がたくさんいるし、なんで私なんだろう？　って思ってね」

「なぜかしらね？　嫌なら辞退しても問題ないんじゃない？」

「そうね。もう少し考えてから返事をすることにするわ」

リーズ自身もなぜ選ばれたのかよく分かっていない様子。生徒会に入れるのはとても名誉なことだけれど、何か裏にあるのならやめた方がいい。見目麗しいランドルフ殿下や側近たちがいるからね。

そうしてリーズと食事をした後、また明日ね。と別れてパロン医師のいる診療所へと足を運んだ。

「先生、相談に乗ってほしいのですが」

患者の治療を終えた先生にここぞとばかりに相談してみる。

「何の相談？」

「私、学院を出たら魔法使いとして生きていきたいのです。王宮魔法使いになるべきか、冒険者になるべきか迷っているのです。将来が安定しているのは王宮所属だけれど、王宮にはランドルフ殿下たちがいます。絶対に顔を合わせなくてはいけない時もあるからやりたくない。冒険者となって各国を渡り歩くのも良いかなとも思うのですが、貴族という身分が邪魔になるのです」

「ふむ。難しい問題だね。貴族であれば政略結婚もある。除籍すれば平民となり、貴族籍を盾に守られていたものがなくなるからね。貴族を捨てる覚悟をするのは大変だし、まず冒険者になりたいのなら空いている日はギルドで活動をしてみるというのはどうかな？　もちろん姿を変えて、だけどね。ギルドで活動してみて思っていたものと違ったら辞めればいいだけの話だよ。学生の間に体験してみるといいのでは？」

「先生！　それはいい考えですね。何でも試してみてから、ですね」

私の目の前がパッと明るくなったような気がする。そうよね、学生の間にやってみて違うなって思えば辞めればいいのだし。やってみよう。

早速、今日の帰りにエメの宿に寄ってから帰った。宿の食堂には鹿型魔獣の頭蓋骨が飾られていたのでそれを貰うことにしたの。王都には様々な魔法使いがいるので頭蓋骨を被っていても変ではないと思うのよね。

グレアムは「いいぞ！」と嬉しそうに渡してくれた。エメには反対されたけれど、弟も妹も恰好いいと褒めてくれたわ。

エメの意見は残念ながら押し切られる形となったの。

翌日、リーズとまたね、と学院寮前で別れてから自室で冒険者用の服に着替え、ローブを纏ってギルドへと向かった。もちろん頭蓋骨を深く被ったわ。グレアムたちと一緒にギルドへは行っていたのでランクはDランクになっている。もちろんエメも。ちなみにグレアムはBランクなの。かなり強い方ね。

Fが初心者講習を受ける一番下のランクね。グレアムたちと魔獣討伐をしていた理由は、私の夢が現実でも通じるのか試してみたかったからと、お小遣い程度でも将来のために貯めておきたかったから。自分の将来のことを考えながらギルドへ来るのはちょっとドキドキするわ。

今まで一人で狩ったことがない分、不安になりながら依頼書を眺める。まずは簡単なものから始めた方がいいわよね。そう思い一角兎5羽の討伐にした。

受付の人に何か言われるかと思ったけれど、特に何も言われることなくギルドカードを提示して受注できたわ。

結果はというと簡単に一角兎は討伐できたの。今日は試しに狩ってみたけれど、魔獣引き取りと受注完了で報酬を受け取り、ギルドカードにドキドキしながら報酬を入れた。

やってみるまでは不安だったけれど、これなら案外いけるかもしれない。

私はウキウキ気分でエメたちに報告しにいったの！　弟たちから尊敬の目で見られてちょっと気恥ずかしかったけれど、やりきった満足感でいっぱいになった。

エメからは、宿から出る時は頭蓋骨を外して帰りなさいと叱られてしまう。まぁ、そうよね。その代わり宿から寮までは認識阻害の魔法をかけてから帰った。なんでギルドで認識阻害をかけないかというと、パーティを組んだ時に弊害が出てしまうからなの。一瞬目を離した隙に仲間が分からなくなるのは困る。そして戦闘の時にうっかり魔法が解けたらお前誰だ？　的なことになりかねないのよね。貴族であることを隠さなければいけないのでやはり仮面が一番無難だと思う。ギルドで活動している様々な仮面を付けている人たちは貴族なのではないかと密かに思っているわ。

そんなわけで、午前中は学院、午後はギルド、たまに診療所のお手伝いをして毎日を過ごすことが続いた。

「ユリア様、試験が心配だわ。今回はとても難しいって聞いたので」

ある日、リーズが珍しく私に弱音を吐いた。

「試験までの間、一緒に図書館で勉強する？」

「本当!?　ありがとうっ！　さすが我が友！」

そうして試験の期間中は宿や診療所に行けないことを伝言魔法で伝えた。しばらくするとエメからもパロン先生からも試験頑張ってねと返事がきたわ。リーズと図書館で勉強を始める。といっても私はそこまで勉強の必要がないので読書を片手間に復習する。そして時々リーズの質問に答える形になった。

「凄いわ。ユリア様。なんでAクラスなのか不思議だわ。Sクラスにいてもおかしくないじゃない」

「どうかしら。試験で本領を発揮できないタイプなのかもしれないわ。頑張っているけれどね」

私はそう言って笑い誤魔化《ごまか》す。

リーズはあれからしばらく悩んだ結果、生徒会には入らないことを選択したみたい。名誉なことだったけれど、貴族令嬢たちからのやっかみがあったからだ。いくら学校が平等を謳っているとはいえ、貴族に睨まれてはどうしようもない。その辺は私も十分に理解しているわ。

試験まであと2日に迫ったこの日。いつものようにリーズと図書館で勉強していると、後ろから声を掛けられた。

「試験前に2人で勉強ですか。真面目ですね」

「ヨランド様、ごきげんよう」

「ええ。ユリア様に勉強を教えてもらっているんです」

「ユリア嬢に？」

「ええ。ユリア様は凄いんですから」

リーズは笑顔で私を褒めてくれているけれど、私は内心ヒヤヒヤしている。ヨランド様に目を付けられたくないもの。

「ヨランド様も勉強ですか？」

「いえ、私は生徒会で使う資料を探しに来ただけですよ」

「そうだったんですね。ほらっ、あちらにヨランド様をお探しの方がいますよ？」

私はそれとなく注意を逸らそうとしたけれど失敗したようだ。

「気にしなくても大丈夫ですよ。それよりもリーズ嬢はどこが分からないのですか？」

ヨランド様のグイグイと入ってくる感じに2人とも戸惑ってしまう。ヨランド様は殿下に負けず劣らずとても格好いいのよね。彼は色恋に全く興味がないようで声を掛けてくる令嬢たちに素っ気ない態度なのだが、それがまた令嬢たちの心を揺さぶるらしいわ。

いくら午後の図書館で人が少ないとはいえ、殿下の側近であるヨランド様と親しくしていると勘違いされたくないのに。

令嬢たちの嫉妬は怖いのよ？

「えっと、ここと、ここの箇所ですが、ユリア様に教えてもらうんで、大丈夫です！」

「ユリア嬢はAクラスですよね。Sクラスの私が教えた方が良いかもしれませんよ？」

リーズはその言葉にうっ、と怯んでしまう。本当にグイグイくるよね。

「ユリア嬢は分からないところはありますか？」

「いえ、私は今のところございませんわ。気に掛けていただきありがとうございます。……何だか、お邪魔になりそうなので私は帰りますね。リーズ、頑張ってね！」

私はそう言い残して去った。

ごめんねリーズ。貴女を盾にしてしまったわ。

チラリと振り返るとリーズの助けを求めるような様子が見えたけれど、ごめんねという表情だけしてさっさとその場を去る。逃げるが勝ちよ！

翌日の朝、疲れ切ったリーズが登校してきた。

あの後の話を聞いてみると、ヨランド様は付きっきりで勉強を教えてくれたようだ。そしてテストまでの期間は毎日図書館で勉強することになったらしい。

「ユリア様も一緒にと言っていました。ぜひ！」

「え、ごめんね？　やめておくわ。色々と用事もあるし。リーズは優秀だから目を掛けられているのね。素晴らしいことじゃない。頑張って」

「えーん。でもね、私よりユリア様に興味があるっぽいんだけどなぁ。私はユリア様を誘うためだけの要員なのかも!?」

「えぇ？　だって気を持たれるような出会いはなかったわよ？　まぁ、でも、せっかくヨランド様に教えてもらっているのだし、リーズは頑張るしかないわ」

生徒会を断っても諦めてもらえないのはちょっとかわいそうな気もするけれど、仕方がない。私はヨシヨシと慰めながら話を聞いた。

どうしようかしら。

テストまでのあと1日。リーズと過ごす予定にしていたけれど、空いてしまったのよね。

仕方がないので寮で一人、魔法の勉強に取り組むことにする。分からないところを纏めてジャンニーノ先生に伝言魔法を送ると恐ろしい早さで返事が来るの。

先生、暇なの!?

そうしている間に試験日はやってきた。

今回も徹底的に手を抜くことに抜かりはないわ。前回のテストでも満点確実だったけれど、今回もそのまま答えれば全問正解になりそうだわ。私はあえて幾つかを空白にしたり、間違った単語を書いたりして提出する。私の予想だと20番以内には入っていないはず。

「リーズは書けたかしら？」

「うん！　おかげさまでばっちり書けました。これは10番以内も狙えるかもしれません。ユリア様は？」

「まぁまぁかしら？」

2人で試験の話をした後、食堂で食事を摂り、寮へと帰る。後はテストの結果が貼り出されるのよね。その後、長期休暇に入る。

貴族たちは舞踏会シーズンのためここから忙しくなるの。でも、私たちはまだ成人になっていないので学生である令嬢たちはこぞってお茶会を開催する。もちろん私は貴族の知り合いがいないのでお茶会に呼ばれることはないし、各家主催の舞踏会の参加もない。唯一強制参加となっている王家主催のお茶会をどうやって欠席するか、よね。

今から頭が痛いわ。

◆◇◆◇◆

〈ヨランド視点〉

私の名はヨランド・ギヌメール。宰相の父を持つおかげでランドルフ殿下の側近をやっている。ランドルフ殿下とは幼い頃からの友人であり、配下でもある。それこそまだ幼い時はマークとランドルフと３人で追いかけっこをして一日中遊んでいた。マークともランドルフとも気が置けない仲間なんだ。ランドルフが王太子としての勉強を始めた頃、俺たちも側近としての教育が始まった。

マークは騎士として、俺は文官としてランドルフの側近になるために勉強や剣術に励んでいるんだ。学院に入ってからはオディロン・ジョクス侯爵令息とドニ・ルロン子爵令息が新たに側近として加わった。オディロンは普段寡黙《かもく》だが、特殊魔法を使い、様々な手段を駆使して情報を得ることに長けている。将来は名目上、文官としてランドルフ殿下の目や耳として働くと父から聞いている。ドニは文武に優れていて、勉強の合間によくマークと剣の打ち合いをしている。

自分で言うのも何だが、優秀な側近でランドルフ殿下の周りをしっかりと固められていると思う。私たちはランドルフ殿下に近づこうとする令嬢たちをそっといなし、殿下との節度ある距離を保つようにしている。

ランドルフ殿下の性格は一言で言えば温和。優しい顔で微笑めば令嬢たちは殿下の虜になる。昔からそうだった。小さな頃はお茶会でよく女の子たちとも一緒に遊んでいたのだけれど、ある日を境にぴたりと遊ばなくなった。いつも側に置くのは側近だけ。不思議に思ってはいたが、殿下はボーッとしている時間が多くなった。話しかければ応えるし、勉強だって手を抜いているわけではないんだ。ただ、どこか遠い目をして何も手につかないような、魂が抜けたような姿を見せる。

それが俺たちにはとても不安だった。感情の起伏がとても薄くて儚《はかな》く散ってしまうのではないかと思える時もあった。

そして7歳になった時、殿下の婚約者になる令嬢を決める予定だったのだが、殿下はまだいらないとお茶会で婚約者を決めることはなかった。陛下や王妃様たちはとても心配していたけれど、まだ幼いからと許している。許されているのは幼いだけが理由ではない。王妃様は第二王子殿下をお産みになり、そちらに手がかかっているからというのもある。

殿下はとても聡明なんだ。

どう説明していいか分からないけれど、私よりも何倍も年上のような気持ちに時々なるほどに。

私もマークたちも殿下を追いかけるのに必死になった。そのおかげか、周りの私たちへの評価はすこぶる高くなったが。

ある時、令嬢に一かけらも興味を示さない殿下に王妃様は痺れを切らしたようで水面下で婚約者候補を選んだ。ヴェーラ・ヴェネジクト侯爵令嬢、クラーラ・ブレンスト公爵令嬢、コリーン・レイン侯爵令嬢、アメリア・ハイゼン伯爵令嬢の４人だ。彼女たちは王妃様から内々に婚約者候補を打診された令嬢たち。本人たちも婚約者に選ばれようと必死だ。

ランドルフ殿下を含め、私たちは皆Sクラスになり、学院での生活が始まった。

彼女たちの周りは一見和やかに見えるけれど、ランドルフ殿下と親しくなるための水面下での争いが日に日に激化している状態だ。これにはマークもお手上げの様子。私たちが令嬢たちから避難するように生徒会室に入り浸るのは仕方がないだろう。

そんな中、ランドルフ殿下の仕草に違和感をふと覚えた。最初は気のせいかと思っていたが、どうやらそうではなかったようだ。殿下は明らかに一人の令嬢を見つけては目で追っている。

そう、彼女の名はユリア・オズボーン伯爵令嬢。彼女は謎が多い。貴族令嬢であればお茶会の一つにでも参加しているものなのだが、今まで彼女を見たことがない。

殿下が気にする女性。きっちりと調査しなければならない。

私は諜報部に彼女を調べるように依頼した。調査の結果を見て驚き、違和感が拭えなかった。

心の病で幼い頃から領地で暮らしていたのだとか。領地での暮らしは不明な点が多く、よく分かっていない。さらに調査をしてみると、学院に入る半年前から王宮魔法使い筆頭のジャンニーノ・

チスタリティを家庭教師に迎えて勉強をしていた。

……筆頭自らユリア嬢に教えている。

調査書には、領地で過ごしている間はまともに勉強を習っていなかったと書いてあるのだが、俺が見た限りユリア嬢は学院でも優秀な方だ。話し方や仕草はとても自然で、一朝一夕では身につけられるものじゃない。そしてジャンニーノ筆頭が王宮に呼ぶほど魔法の才能があるのだとか。殿下が気になっている令嬢は知れば知るほど謎に包まれている。

「なぁ、殿下。俺が思うにユリア嬢のことを知りたかったらいつも彼女の側にいるリーズを生徒会に招待すればいいんじゃないか？」

勘の鋭いマークはいち早く彼女に気づき殿下にそう提案している。それは良い考えだと私たちも賛成をした。殿下は少し動揺していたようだが、否定しないところをみると賛成なのだろう。

「では、私が声を掛けてきます」

そう言って私は、リーズ嬢がクラスから寮に帰ろうとしているところを捕まえて打診してみた。

「リーズ嬢、君にぜひ生徒会に入ってほしい。会計がまだ決まっていなくてね。君の家は商会だったよね？　どうだろうか？」

彼女はとても驚いて、なぜ自分が？　と疑問に思ったようだ。

「と、とても光栄ですっ。で、ですが、お返事はもう少し考えてからで良いでしょうか？」

「あぁ、構わない。期待している」

そうして待つこと数日。彼女は暗い顔をして生徒会室にやってきた。

「リーズ嬢、わざわざ来てくれたんだね。引き受けてくれるかな？」

殿下は穏やかに話をしているが私たちしか分からないほどの微妙な動き。

……ソワソワしている。

「す、すみませんっ。せっかく、誘っていただいたのですがっ、平民で女の私が、ランドルフ殿下に近づくことは許されません。どうかこの話はなかったことにしてください」

頭を下げるリーズ嬢。先ほどまでの浮かれ気分は見事に打ち砕かれ意気消沈する殿下。私は急いで助け船を出す。

「誰かから言われたのか？　君は優秀だと聞いたから誘ったのだが」

「……そう言っていただけるのは嬉しいです。ですが、殿下の婚約者候補の方々やクラスメイトの令嬢たちから殿下に近づかないよう注意を受けています。私は平民でしかありません。たとえ学院内で平等を謳っていても学院の外は違います。両親にも迷惑は掛けられません」

……あいつらか。私は舌打ちしたくなった。きっとマークたちも同じ気持ちだろう。あいつらなら平民であるリーズ嬢の家を脅すことだって平然とするだろう。そう考えると頭が痛い。

殿下には申し訳ないが、今は引き下がるしかないな。彼女に機会があったらまた頼むよと伝えると彼女は笑顔で部屋を出て行った。

「あーあ。殿下、残念だったな。あの4人が主《おも》だって邪魔していたなんてな」

「……仕方がない」

殿下はマークの言葉で落ち込んでいる。私たちは何か他に手段はないものかと考えた。食事を摂っているところに鉢合わせして仲良くなることも考えたが、そもそも彼女は食堂で食べていないようだ。それに食事の時はあの4人が殿下にべったりとくっついていて邪魔しかしないだろう。

どうにかできないものかと悩む日々が続いたそんなある日。

私が生徒会の資料を取りに図書館に入ったところ、ユリア嬢とリーズ嬢が楽しそうに話をしている。どうやら試験勉強をしているようだ。それにしては様子が変なのだが。

リーズ嬢はユリア嬢から分からないところを教えてもらっているのに対し、ユリア嬢はリーズ嬢に教える以外、関係のない魔導書を読んでいるだけなのだ。ユリア嬢は勉強しなくて大丈夫なのか？だが、いい機会だ。リーズ嬢とユリア嬢に勉強を教えながら2人と仲良くなればいい。そう思って声を掛けた。

多少強引に勉強を教えると言ってしまったが仲良くなるためだ。だが、リーズ嬢を置いてユリア嬢はさっさと図書館から出ていった。

……なかなか手強い。

だが、リーズ嬢に勉強を教えるという機会はできた。試験までの間、リーズ嬢を教えながらユリア嬢の話を聞いてみる。どうやら中庭でいつも一緒に食事を摂っているようだ。彼女はいつも優しく、クラスでも密かに人気があるのだとか。それに彼女はずっと領地で過ごしてきたから貴族の友達がいないそうだ。とても控え目で、決して目立たないようにしているせいか周りはかえって声が掛けづらくなり、あまり話しかけられないでいるらしい。

リーズ嬢は彼女の過去を知らなかったため、ユリア嬢に自分から話しかけたようだ。学院が終わった後は何をしているのか聞いてみたが、リーズ嬢もよく知らないようだ。どこかへ出かけているようだけれど、分からないのだとか。

気になるところだな。

彼女は友人にも内緒でどこへ出かけているのだろうか。

◆◇◆◇◆

「ユリア様！　試験の結果が貼り出されてあったわ。見にいきましょう？」

私はリーズと一緒に校舎の入り口に向かった。結果が貼り出されている掲示板には多くの生徒がいて賑《にぎ》わいを見せていたわ。少しドキドキしながらリーズと一緒に人混みをかき分けて掲示板を覗く。

予想通り、1位はヨランド様。2位はランドルフ殿下。マーク様は10位だったわ。さすが優秀な方たちは違うわね。ランドルフ殿下の婚約者候補の令嬢たちはマーク様の後ろに続いている。

「ユリア様！　私の名前がありましたっ」

なんとリーズの名前が6位に書かれていた。

「凄いじゃない。頑張っていたものね」

私の順位は30位。リーズがとても驚いているわ。予想とは大きく外れてしまったけれど、Sクラスが20人強なのでちょうどいい場所に位置している。リーズには申し訳ないけれど内心浮かれっぱなしだ。さすが自分！　ちょうど良い位置にいるわ。この調子で次も頑張ろう。

試験結果を見終わった後、いつものように中庭で仲良く食事をする。言いにくいのか少しモジモジしながらリーズは試験結果を話題にする。

「ゆ、ユリア様、30位。Aクラスでは、上位ですねっ」

リーズが気を遣って声を掛けてくれる。

「リーズ、気を遣わなくて結構よ？　領地で全く勉強してこなかったから十分高い方だわ」

「そ、そうですよねっ。え？　全然勉強してこなかったのですか？」

「えぇ。学院に入る半年前から家庭教師が付いて文字を教わるところからでしたから。そう思えば十分ですわ」

「むしろそれでAクラスの上位だなんて凄いですねっ。尊敬します」

「私は親から期待もされていないからこれで十分なの。リーズは、王宮の文官を目指すのならSクラスに入れるように頑張らないといけないわね」

「ユリア様は王宮魔法使いを目指さないのですか？」

「まだ未定、というところね。自分に何が合っているか考えているところよ」

「そうなんですね。私も目標に向かって頑張らないと！」

そう話していると、ランドルフ殿下が側近を連れてこちらへと歩いてきた。それを見た私とリーズは驚いたわ。2人でスッと立ち上がり、臣下の礼を執り、定型文となっている賛辞の言葉を口にする。

「ラーガンド王国の星であらせられるランドルフ殿下にお会いできたことを嬉しく思います」

リーズは平民なので知らなかったようだけれど、私に合わせてぎこちない礼をする。王太子と一介の令嬢とは立場が違うことをきっちりと意識してもらいたいわ。

「堅苦しい挨拶はいいよ。リーズ嬢、今回のテストでSクラスの者たちより成績が良かったね。おめでとう。オズボーン伯爵令嬢も30位と大健闘だったね。……素晴らしい。おめでとう」

「「ありがとうございます」」

殿下たちは何しにきたの？　一瞬何か殿下の顔色が悪かったように見えたけれど、気のせいかしら。

「ランドルフ殿下や側近の皆様の足元にはおよびませんわ。それにしても今日はどういったご用件でしょうか？」

失礼がないように、でも用がないならさっさと帰れという雰囲気を少し出しながら聞いてみる。

「いつも令嬢たちに追いかけられて昼食もゆっくりと食べられなくてね。ゆっくりと食べられる場所を探していたんだ。……一緒に食事でもどうだろうか？」

なんで避けているのに寄ってくるの⁉　リーズは動揺しながらも断れないと判断したようで、私の隣に座り「どうぞ」と一言。

私たちの向かいの席に3人が座った。

「いやー良かったよ。いっつもあの4人に纏わりつかれているからなぁ」

「マーク様、それは彼女たちがかわいそうですわ。彼女たちにとっては将来がかかっておりますもの。必死になるのは当然だと思います」

微笑みながら彼女たちのフォローは忘れない。殿下が早く婚約者を決めないからこうなるのだからね。暗にそう言ってみる。

「ユリア嬢はどうなんだい？」

どう、とは？　ヨランド様はどうとでも取れる言い方をしているわ。何にも考えていないふりで通すしかないのかしら。一瞬だったけれど、様々な考えがよぎる。

「……私、ですか？　将来はまだ決めていませんわ。やりたいことがたくさんありますから。魔法使いとなって様々な国を渡り歩くのも楽しいかもしれませんね」

「ランドルフ殿下の婚約者候補に名乗りを上げることは考えないのですか？」

私は顔に出かかった嫌悪感をグッと堪えて不思議そうな顔をする。

「ふふっ、おかしなことを。我が家の爵位は伯爵位ですし、王家の後ろ盾になるほどの裕福さはありませんわ。私自身幼い頃から最近まで領地で療養しておりましたし、病気持ちの令嬢が立候補なんて恐れ多すぎますわ。それに下に跡継ぎもおりますから、家族からも期待されていませんし、瑕疵のある令嬢を娶《めと》りたくないらしく釣書は届いていないのです。私は気ままに過ごすだけですわ」

ふふっ馬鹿ね、と言わんばかりに満面の笑みを浮かべる。さすがにヨランド様も言葉に困ったようだ。

前回の時はお茶会で話したのをきっかけに婚約者になった。そこにはオズボーン伯爵家の働きかけもあっただろうけれど、殿下の一言で決まったのだと思う。でも、謎よね。婚約者になってから忙しいながらも時間を合わせてはお互い顔を真っ赤にしてお茶をしていたの。お互いが相手のことを想い合っていたと思っていた。

それが学院に入ってからは、殿下はヴェーラ・ヴェネジクト侯爵令嬢と仲良くなり、私のことなどパタリと見向きもしなくなったもの。

最初から彼女を婚約者にしておけば良かったのよ。

そう思うと前回のこととはいえ、気持ちは固く尖り穏やかではいられない。自分の気持ちを隠すようにさっと食事を終えて立ち上がる。リーズも食べ終わったみたいで私と一緒に席を立った。

「さて、私たちは先に失礼します。ご令嬢避けでしたらこれからも私たちを気にせず中庭でお食事をお召し上がりくださいね」

私たちが礼をして立ち去ろうとした時、ランドルフ殿下から声を掛けられた。

「……ユ、ユリア嬢は、この後、何か用事があるのかな？」

「？　えぇ。残念ながら用事がありますの。では失礼します」

今から診療所に行かなくてはいけないの。リーズと「何だったのかしら？」と話しながら寮に帰った。

私の後ろ姿を追う視線に気づかずに。

私は自室に戻り服を着替えて診療所へと向かう。もちろん認識阻害フル防備をした上での徒歩移動は欠かせないわ。

「先生、回復魔法の使い方がだいぶ良くなってきたと思いませんか？」

「そうだね。最初に比べればかなり良くはなってきた。だが、まだ繊細な部分を治療するための魔力コントロールが甘い。そこが良くなれば立派な治癒士になれるよ」

「将来は治癒士もいいですね。でも、こう、バーンって攻撃魔法を敵に打ち込む方が私には合っているかも」

先生は私と話をしながら微笑んでいる。

「ユリア様は変わった。もちろん良い意味で。前向きになったね」

「私を支えてくれた人たちのおかげですわ！」

「ところでユリア様は長期休暇の間はどうするのかな？」

「私としてはずっと寮にいたいのですが、外聞《がいぶん》が悪いと親から言われそうで。一度家に帰って何も言われないようなら寮に戻ろうと思っています」

「伯爵様のお考えにもよるが、それが一番いいね」

パロン先生と話をした後、エメにも伝えたわ。エメは私が一人で邸に戻ることをとても心配してくれている。気が重いけれど、寮に帰ってから父に手紙を書いて送ると、暫くして返事が返ってきた。

『ユリアへ。学院での成績には驚いた。優秀で何よりだ。このまま勉学に励むように。邸には戻らなくても良いが、王宮で開催されるお茶会には必ず参加するように。ドレスは明日侍女を送るので指示に従いなさい』

最低限の言葉だけが書かれていたわ。相変わらずね。でも気にしない。寮で過ごしていいのね！

むしろ私は父の言葉に喜んだ。

私はすぐにパロン先生とエメの所に連絡して朝から手伝いに行けることを伝えたわ。それにギルドの依頼は学院があるので近場のものしか受けられなかったけれど、この期間なら誰にも邪魔されずに少し遠出ができるわ！　休みの予定をウキウキ気分で立てていく。ちなみに王宮で開催されるのは舞踏会だけだと思っていたけれど、今年はお茶会にも参加しなければいけないらしい。はぁ、今から気が重いわ。

翌日の終業式。

「リーズは家に帰るのよね？」

「えぇ。ユリア様は？」

「私はこのまま寮で過ごすことになったの。家に帰っても私の居場所なんてないし、勉強でもして過ごすわ」

そうしてリーズと昼食を摂った後、学院の門前で別れた。今日の門前は馬車の出入りが多い。まだまだ馬車を待つ学生はたくさんいるようだ。寮に帰って明日からの準備をしていると、邸の侍女長が侍女を３人引きつれてやってきた。私は侍女に身長から肩幅など全てのサイズを測られていく。

「ユリア様、我が家に来る商会のデザイナーにいくつかのデザイン画を準備させました。この中から数枚お選びください」

侍女長から紙の束を受け取りデザインを確認していく。お茶会用や登城用、舞踏会でも着られるダンス用などのデザイン画が数枚ずつ用意されている。そしてその中には何枚か、過去に私が着ていたドレスもあった。あぁ、確かこのドレスはお茶会の時に子爵令嬢からお茶を掛けられたのだっけ。これはお城の中庭でお茶をした時に殿下から地味だって言われたドレスよね。それとこれは王妃様から褒められたけれど、翌日侍女にハサミで切られていたのよね。

クラーラ・ブレンスト公爵令嬢の指示で我が家の侍女がやったのだ。つまり侍女は買収されてたってこと。ドレス一つとっても嫌な思い出が蘇ってくる。

今回は候補にも上がっていないので特に何もされていない。きっと侍女を買収していないのだと思うわ。

「侍女長、お茶会はこのドレスとこのドレス。あと2着よね。他のドレスはこれとこれ、後は必要になれば既製品で構わないわ」

過去と同じものを着たくはないけれど、殿下や令嬢たちの目に止まりたくないので地味と言われたものや華美なもの以外を選んだ。侍女長に「本当にこれで良いのですか？」と確認されたが、どうせお茶会になんて呼ばれないのだからどれでもいいのよと答えておいた。装飾品は侍女長が後から合わせて選んでくれるみたい。そしてドレスができあがったら邸に置いておくのでお茶会がある日は前日に邸に帰ってくるように伝えられたわ。

明日からは休暇！

待ちに待った休暇よ！

翌朝、早速私は朝からいそいそと診療所へと足を運んだ。

「先生、おはようございます」

「ユナ、おはよう。早速だがお願いするよ」

そうそう、私の名前なのだけれど、最初はユリアで手伝っていたのね。でも貴族がずっと手伝うのは外聞がよろしくないようなので、平民のユナという名でお手伝いをすることになったの。そして、グレアムの勧めもあってギルドではユゲールという男性の名前を名乗っているわ。もちろん女の人でソロ活動している人だっているし、女性だけのパーティも数多くあるけれどね。

「ユナちゃん！　俺の嫁になっておくれっ！」

「ハイハイ。また来たんですか？　不注意は駄目ですよ？　ガンツさん。はい、治療しました。次は怪我しないようにしてくださいね」

「ユナが診療所の手伝いをしてくれるようになってから怪我人が増えたよ。良いのか悪いのか」

私はいつものように雑談をしながら治療をした後、エメの宿に顔を出してから寮に戻る。

翌日からの3日間はギルドへ。いつもは学院後の数時間だったから小遣い程度の簡単な依頼しかこなしていなかったけれど、休暇中は丸一日かかりそうなものを受注する。受注した依頼は本格的な狩りなので準備はしっかりとしなければいけない。私はコツコツと貯めていたお金で足りないものを買い揃えて狩りへ向かった。畑を荒らされて困っているのだとか。

小さい猪の討伐はこれまで何度もしていたけれど、魔猪と言われるのは人間よりも数倍大きな猪型の魔獣でとにかく強くて大きい。小遣い程度の報酬ではなく、しっかりと一つの仕事の報酬として支払われる額だったのよね。

「待て待て〜！」

魔獣を追いかけ回し、そして魔法で瞬殺。ばっちりね。そして気づいた。やはり私は一人でも問題なく大きな魔獣を倒せてしまうことに。残念ながら魔獣を探すのに時間がかかるから、依頼の数はこなせないけれど。

楽して報酬アップを目指すなら、討伐した魔獣の買い取りの際に報酬を上げてもらえるようにするしかない。それには魔獣をより深く知る必要があるのよね。私の過去の知識では足りない。夢の中のような乱暴な倒し方だと、報酬は最低限になる。

街に戻り、魔獣の依頼完了手続きを終えた後、ギルドに置かれている『モンスターの特徴一覧』を読むことにしたわ。もちろん報酬が高くなる方法も書かれているので、どこを狙えば良いか考えやすい。

傾向としては、肉が食用に回される魔獣は血抜きをするのがベスト。毛や皮などの素材が徴用される魔獣は傷が少ないものほど報酬が高い。そして良質なものは肉でも素材でも、報酬が気持ち上乗せされるようだ。……ふむふむ。

熟読した後、周りを見ると既に日が暮れていたので、私は慌ててエメの宿に向かった。

「いけませんよ！　こんな遅くまで何やっていたんですか！」

「うぅ、ごめんなさい。遅くなるつもりはなかったの。ギルドで本を読んで気づいたらこんな時間になっていたの」

エメは母親のように私を叱る。自分が悪いし、耳も痛いけれど、こうして心配して叱ってくれるエメが大好きだなって思う。さすがに今日は遅いのでそのままエメの家に泊まることになった。もちろん家族としてね。

働かざる者食うべからず。食事や宿の仕事を手伝った後、家族で夕食を食べて就寝となった。

翌日もその翌日も魔獣討伐。今日は魔獣討伐の依頼を2件受注したわ。たまたま同じエリアだったのでこれならいけると思ってね。ちなみに一度の報酬は日雇いで働く人たちが稼ぐ程度。魔法で攻撃し、怪我もないためかかる費用はほとんどない。貯まる一方ね。

診療所も同じくらいの報酬。こちらは勉強も兼ねているので卒業までは続ける予定なの。ギルドの方はストレス解消でお金を貰っている感じ。コツコツ貯めていくわ。1枚、また1枚と自分が稼いだお金が積み上がっていくのを見て、にやけが止まらないのは仕方がない。

そうして2週間が経った頃、家から手紙が来た。王宮主催のお茶会のことをすっかり忘れていたわ！

ふぅと長く重い息を一つ吐いた後、父に『明日邸に帰ります』と返信しておいた。お茶会が終わったらすぐに寮に戻ってエメに報告しよう。邸には徒歩でゆっくりと帰った。

3章　嫌な予感しかしない

一応、午前中に帰ると連絡していたので執事は玄関で待っていてくれたようだ。そして今回も客間へと案内された。私物のない、本当に何にもない客間。……私にはこれで十分なのね。「家族って何だろう？」と、こういう時に考えてしまうわ。仲良し家族ごっこをしたいわけではないけれど、お前は家族ではないという扱いをされるとそれはそれでちょっと複雑な気持ちになってしまう。

「ユリアお嬢様、今から侍女たちを呼びますのでしばらくお待ちください」

執事がそう告げて部屋を出た後、すぐに侍女長をはじめとした侍女3人が部屋へと入ってきた。

「ユリアお嬢様、お帰りなさいませ。明日のお茶会には最高の状態で向かわせるようにと旦那様から言いつけられております」

侍女長はそう言うと、私を風呂場へ連れていき、1日かけてエステのフルコースを行った。休憩と称して午後のお茶を飲む時にもマナーの確認があった。昔取った杵柄《きねづか》。とても素晴らしいですと褒められたわ。そこはすかさず「エメのおかげなの」と一言呟いておいた。そうそう、食事も美容を気にしたものになっていたわ。1日くらい食べたところで変わらないと思うのだけれど。

「ユリア姉様おかえりなさい。平民暮らしが板に付いている分苦労しているんじゃない？」

ジョナスがそう嫌味を言うと、一番下の弟アレンもクスクスと笑っている。2人とも相変わらずみたいね。

「相変わらずだこと。その口を閉じなさい」

私はそう言って魔法で口を強制的に塞いだ。2人とも目を見開いて驚いている。そしてモゴモゴと何かを叫んでいるわ。

「残念ね。こんな簡単な魔法も解除できないのなら貴族でも出来損ないではないのかしら？」

2人は私が反撃に出るとは思っていなかったのか怒り心頭のようだ。出来損ないという言葉が気に入らなかったのか。2人とも魔法を解除しようとしているが、詠唱できないため解除できないでいる。

「ユリア、解除してやりなさい。ジョナスもアレンもユリアに謝りなさい」

父の言葉に、私は仕方がないなと思いつつ指を鳴らして魔法を解除する。

「だって、こいつが！」

「ユリアはお前の姉だ。こいつではない。謝りなさい」

父が弟たちにそんなことを言うなんて天変地異が起こりそうだわ。

「中身が伴っていない謝罪なんて結構よ。お父様、ドレスをありがとうございました。明日は買っていただいたドレスでお茶会へ行ってまいります」

「あぁ。粗相のないように」

母はというと、私を警戒しているのか様子を窺《うかが》っているのか、視線は向けているものの黙ったままだった。

◆◇◆◇◆

コホッコホッ。

「あぁ、咳が出ているな。今日は休みなさい」

「ですが、お父様。明日は王宮で開催される大事なお茶会ですわ。ランドルフ殿下の婚約者としてこれくらい我慢してでも出席しますわ」

「クラーラ、明日は欠席だ。分かったな？」

「ですがっ」

「休みだ。いいな？」

「……はい。お父様」

「クラーラ様、公爵様に病気がうつってはいけません。部屋に戻りましょう」

「ばあや、分かったわ。お父様、おやすみなさい」

「……」

クラーラが乳母に連れられ部屋を後にした。

「ケルク、薬は効いているようだな。クラーラの薬を1週間分ほど追加しておけ」

「かしこまりました」

◆◇◆◇◆

翌日、朝から侍女たちに磨き上げられ、私は伯爵家の馬車へと乗せられた。

こんなにいい天気なのに私の心は曇天模様。今にも大雨だって降り出しそう。

今日の王家主催のお茶会はランドルフ殿下が参加するお茶会で、同年代の令嬢、令息たちが呼ばれている。同年代の貴族たちの交流を目的としたお茶会となっているけれど、本当は水面下で殿下の婚約者を見定めるために開かれたのだと思うわ。ここで問題を起こせば即脱落ね。ただ、わがまま令嬢なだけでは家の評判も落ちてしまう。人畜無害、目立ったものがない感じの王妃の器ではないような令嬢としてふるまうのが家にも傷がつかずに済む方法だと思うのよね。別に伯爵家の評判が落ちようとも私は気にしないけれど、そんな行為をするのは私のプライドが許さない。

いかに上手く切り抜けるか。

お茶会では、爵位が高い順に殿下の席近くに座っていくのがマナーになっている。今回は交流を目的としているので、そこまで厳しいものではない。それに、座席の移動が考慮されているため座席は指定されていないのだと思うの。伯爵位とはいえ離れた席に座っても何ら問題ないはず。今日のお茶会の攻略法を考えているうちに馬車は悲しくも無事に城へと到着したみたい。

馬車の扉が開くと、そこには一人の騎士が礼をして待っていた。私をエスコートしてくれるようだ。私はエスコートされながら城の中庭へと案内される。

……懐かしいわ。

この庭園。いつも王妃教育で城に通っていた頃に眺めていた庭。またここに来たのだと思うと心がズキンと痛む。領地で目覚めて以来、発作は出ていない。だが、何が起こるか分からないため、発作が出ないように馬車の中で自分の精神耐性が上がる魔法をかけた。夢の中で何年も戦い抜いて心が鍛えられたとはいえ、もしも出たらと思うと怖かったから。普段も発作は出ないし、思い出すこともないけれど、意識的に考えるとやっぱり嫌な感情として残っている。発作で倒れて帰宅、が道としては一番なのだと思うけれど、周りの目も変わるし、家の評判も落ちて自分が許せなくなりそうな気がするの。

私が中庭に足を踏み入れると、既にたくさんの人が集まっていた。殿下が座ると思われる席を中心に公爵位の人たちから座席に着いているようだ。ほとんどは過去で出会ったことのある人ばかりだ。彼らはみんな同じSクラスということもあり、仲が良さそうな雰囲気だ。私はそんな人たちを尻目に伯爵位の席の中でも一番遠い席に座る。

今回の会場は円卓ではなく、長テーブルを繋げた状態で、縦3列横4列のテーブルが均等に配置されていた。

私が選んだ座席はちょうど真ん中あたり。良い考えだと思うのよね。一番殿下と触れ合う心配のない席。端っこの席が一番殿下から遠いけれど、そこは男爵位の席なの。男爵位の席に伯爵位の私が座れば違和感しかない。まぁ、病気を理由にいつでも退席できるからと座っても良かったのだけれどね。でも、端っこだと殿下が挨拶と称して歩いてくる可能性があるのよ。今回の会場の作りがなぜこのような形かというと、やはり殿下と知り合うのは高位貴族が優先され、男爵位とは関わらないように意図的に配置されているからなのだろう。

「隣に座っていいだろうか？」

そう私に声を掛けてきたのは、ヨランド様だった。彼は伯爵子息だったわ。

チッ、チッ、チッ。内心舌打ちの嵐だ。

「ヨランド様、殿下の側近である貴方がここにいてはなりませんわ」

私は優しく言ってみるけれど彼が気にする様子は見られない。

「お気遣いありがとうございます。殿下にはオディロンたちが側にいるし、警備も騎士たちが後ろにいるので私は付いていなくても問題はないのです」

私は「どうぞ」とも言っていないのに彼は微笑みながら隣に座った。

……座ってしまったなら仕方がない。

「あら、いつもランドルフ殿下の側にいる婚約者候補の方が一人いないわ。何かあったのかしら？」

私は彼を気にしないよう周りに視線を泳がせながら、思ったことを何気なく口にした。

「あぁ、クラーラ嬢はどうやら熱を出して急遽欠席になったようです。代わりに妹殿が出席されているんですよ」

「そうなのですね」

ふぅん。クラーラ嬢が熱なんて珍しい。彼女の妹は婚約者候補の3人の中に入っているせいか霞えているわ。かわいそうに。そう思いながら見ていると、ヨランド様がさらに話をしてきた。

「ユリア嬢はいつもお茶会や舞踏会には参加されていませんよね？」

「えぇ、そうですわね。必ず出席しなければいけないもの以外は休ませていただいていますわ」

「理由をお聞きしても？」

「あら、ご存知ではなくて？　有名だと思っていたのですが」

「いえ、噂は色々と耳にしておりますが実際はどうなのかと思いまして」

「ふふっ。公の場で倒れて皆様にご迷惑をおかけしてはいけませんからこういった場に参加するのは最低限にしておりますの」

「そうなのですね。もう体調はよろしいのですか？」

「えぇ、成長と共に発作はなくなりつつありますから」

不躾《ぶしつけ》な質問に内心イライラしながらも平静を装って話をする。彼は私の言葉に相槌を打ちながら、何かを考えているようだ。

場内が突然騒がしくなった。

どうやらランドルフ殿下が入場してきたようだ。みんな一斉に席を立ち、臣下の礼を執る。もちろん私もヨランド様も。

「今日のお茶会に集まってくれてありがとう。今日は交流を兼ねたお茶会だから皆、気を張らずに楽しく過ごしてほしい」

殿下の言葉がお茶会の開始の合図となった。

私たちが着席すると、従者たちが一斉に動き出し、お菓子を並べお茶を淹れてくれる。並べられたお菓子はどれも一口で食べられるようになっている。フルーツと共にクッキーやフィナンシェが皿に並んでいて目にも嬉しい。私は迷いながらもフィナンシェに手を付ける。王宮のお菓子って美味しいのよね。今回はお菓子を食べることなんてほとんどないので、つい手が出てしまうわ。

領地で食べることもなかったし、伯爵邸ではお菓子よりフルーツが出されていた。学院寮でもお菓子はないので嬉しい。ギルドや診療所に行く時に買って食べればいいだろうって思うけれど、寄り道はしたくないのよね。たまに患者さんが差し入れしてくれるおやつを食べるくらいかしら。

「ユリア嬢は甘い物が好きなんですね」

どうやらヨランド様は考え事の世界から帰ってきたようだ。

「えぇ。はしたなくてすみません。寮暮らしだとあまり口にする機会がありませんから」

「この休み中も寮に？」

「えぇ、そうですわ」

私がそう答えた時、向かいにいた令嬢がヨランド様へと声を掛けた。

「いつもの制服姿のヨランド様も素敵ですが、今日の装いも輝いていて素敵ですわ」

そう声が掛かると、ヨランド様の隣に座っている令嬢や後ろ側にいた令嬢がこれ見よがしにヨランド様へと声を掛け始める。

「あら、お席を替わった方が良いかしら？」

私はそう言いながら斜め後ろにいた令嬢に席をどうぞと替わり、またお菓子に手を伸ばす。色々と聞かれた時は焦ったけれど、ヨランド様とお近づきになりたい令嬢がたくさんいて助かったわ。

ヨランド様のおかげで私は特に誰とも話をすることなく、一人でお菓子とお茶をのんびり楽しむことができている。周りを見る余裕さえあった。殿下の周りには婚約者候補をはじめとした令嬢や令息たちが取り囲むように群がっている。その他はポツポツと派閥同士でおしゃべりをする人たち。中央にはヨランド様を取り巻く令嬢の群れ。そして下位貴族の席ではそこまで移動している様子はなく、みんな和やかにお茶を飲んでいる。

上位貴族は殿下の婚約者候補や殿下の側近と仲良くなることが目的だし、下位貴族は爵位の同じ者同士で協力し合うように集まっているから、中央のヨランド様たちを区切りにパカリと分かれている。私はその区切り部分でひっそりとお茶をしている。

「ふぅ。お腹も満たされたわ。そろそろ頃合いかしらね」

私が席を立ち、帰ろうと思ったその時。

「キャーーーー！」

殿下を取り巻く令嬢たちの方向から騒《ざわ》めきと叫び声がし、その方向を見ると、ランドルフ殿下の周りにいた2人の令嬢が倒れている。誰かが「おい、しっかりしろ」と倒れた令嬢に声を掛けていて、近くにいた騎士たちが駆け寄ってきた。「大丈夫ですか？」と騎士が声を掛けて令嬢を連れ出そうとした時、会場の四方から魔物の声が聞こえたかと思うと湧き出すように魔物が現れた。騎士たちは令嬢をかばいながら戦闘態勢に入っている。

……何が起こったの？

魔物たちをよく見ると、その足元には魔法円が浮かび上がっており、そこから様々な魔物が飛び出してきているようだ。過去に貴族たちのお茶会は何度も経験したけれど、こんなことは一度もなかった。

ランドルフ殿下は状況を把握したようですぐに応戦しようとしたようだが、恐怖に支配されている令嬢たちが殿下に纏わりつき動けないでいる様子。それはマーク様やオディロン様、ヨランド様も同様だった。この場にいた者たちは走って逃げたいはずだけれど、魔物が四方から湧き出ているため逃げられないでいる。会場の護衛についていた騎士たちは既に魔物と対峙しているけれど、次々に湧き出る魔物に苦戦している様子。

私はすぐに魔法でジャンニーノ先生に連絡を取った。

『先生っ！　王宮の中庭に魔物が発生しています。魔法円が庭の四隅に浮かび上がっていて、そこから魔物が湧き出していますっ』

『ユリア様、それは本当ですか。今すぐ向かいます。貴女は結界で殿下たちを守れますか？』

『やってみます』

『では、私が向かうまでなんとか持ちこたえるようにお願いします』

私は伝言魔法を終えてすぐにテーブルの上に立ち、少し高い位置から周りを確認し、結界を張る。淑女がテーブルの上に乗るなんてはしたない。そう後で言われたら謝罪するのみ！

私を中心にして半透明で半球体の結界が立ち上がった。

「王宮の騎士や魔法使いが到着するまでこの結界から出ないでください‼」

魔獣たちが結界を壊そうと体当たりや攻撃を仕掛けてくる。

今回のお茶会では殿下と歳の近い令息や令嬢が集まっていた。学院で実技訓練はあるけれど、所詮貴族の遊び程度なのよね。令嬢に至っては知識として覚えているくらいかしら。騎士科であれば動ける人も中にはいるようだけれど、パニックに陥っている令嬢たちを抑えながらの戦闘は難しい。魔法使い科に関しても学生の間はそこまで難易度の高い魔法を習うことはないし、実戦もほとんどないのであまり役には立たない。

ちなみに私が結界を使えるのは知識として先生に教えてもらっていたからで、人一人分の結界なら王宮で練習していたのでなんとか使える状態。もちろん大勢を守るために結界を張ったことは一度もないわ。

「ユリア嬢！　大丈夫か？」

ヨランド様が声を掛けてきた。

「えぇ。初めて大きな結界を作りましたが、案外上手くいくものですね。ヨランド様は中でご令嬢たちをお守りください」

私はそう言うと、飛び上がり、半透明な結界の上に立つ。

それにしても、これだけ魔物がたくさんいれば騎士たちにも被害は出てしまうわよね。王宮医務官だけでは間に合わず、後でパロン先生も王宮に呼ばれるかもしれない。私はそう思いながら結界の上から魔獣に向けて魔法で攻撃していく。バタバタと倒れていく魔獣を見て、ついつい嬉しくなって笑顔になる。

やっぱり私って攻撃魔法の方が得意だわ。

「ユリア様、お待たせしました。よくぞご無事で」

ジャンニーノ先生は魔法使いを引きつれて中庭へと飛んできた。

「先生！　あそこにある魔法円ですわ」

私が指した方向を先生は確認し、他の魔法使いと何かの話をしている。そして魔法使いは２つのグループに分かれて飛んでいく。

まず殿下から近い魔法円２つを破壊するようだ。数名の騎士と共に湧き出る魔獣を退治する魔法使いと、魔法円を壊す魔法使い。

「先生、私も魔法円を壊してみても良いですか？」

「じゃあ、私とやってみますか。ユリア様なら一人で壊せますよ」

私は後方にある魔法円の周りにいた魔物たちめがけてずばーんと雷を落として駆逐する。

「魔法の威力がこれほどまでとは」

ジャンニーノ先生は驚きながらも手招きして魔法円の側に降り立った。

「ユリア様、この魔法円にトラップは仕掛けられていないので簡単に壊せますよ。ここに魔力を注ぎ入れて円の外側から壊していくんです」

先生が言うには、魔法円には仕掛けが付いているものがあって、壊した時に毒が降りかかってきたり、槍が飛んできたり、最悪は呪いや魔法封じが付与されているようなものもあるらしい。この魔法円は魔物をどこかから呼び寄せて連れてくるものらしく、簡易の転移装置だそうだ。王宮魔法使いになると魔法円の解析なんかもするらしい。専門家って凄いのね。

私が魔法円に魔力を注ぎ始めるとすぐにパキリと音がして円が消滅してしまった。

「さすがユリア様。ですが魔力を一度に注ぎすぎですよ。トラップが仕掛けられていたら跳ね返ってきますから、気を付けてください」

ジャンニーノ先生は残っている魔物を倒しながら解説してくれる。やはりここでも丁寧に魔力を注ぎながらという作業が必要なようだ。診療所と同じなのね。私はもう一つの魔法円にも同様に魔力をゆっくりと注ぎ、確認しながら消滅させていく。

「随分と良くなりましたね。さすがパロン医師の元で修行しているだけありますね」

「先生、パロン先生のことは内緒ですわ。皆様知りませんから」

「あぁ、そうでしたね。黙っておきましょう。さて、後は残った魔獣退治だけですね。騎士たちに任せておけばいいですが、結界の中の問題は残っていますからさっさと片づけてしまいますか」

結界の中？　魔獣を間違えて入れてしまったかしら。私はそう思いながら先生と結界の中へ入っていく。

椅子はなぎ倒され、テーブルの上のお菓子やカップは転がり、令嬢たちはガタガタと震えながら身を寄せ合っている。側近たちは身を挺すようにランドルフ殿下の周りを囲んでいるわ。

「ランドルフ殿下、ご無事ですか？　っとその前に。倒れている令嬢を先に見ますか」

先生は倒れている令嬢の一人を抱き上げて様子を見ている。弱々しいがなんとか生きているようだ。誰も介抱してあげる余裕がなかったのだろうけれど、少し同情さえ覚えてしまう。

「先生、どういうことなのですか？」

「あぁ、彼女たちは利用されたようですね。背中に先ほどの魔法円に似たものが浮かんでいると思いますよ」

私がそっと一人を抱き起こして背中を確認すると、赤く浮かび上がっている魔法円が確認できた。

「これを先ほどのように破壊すればいいのですか？」

「駄目ですよ。さっきのように魔力を流せば彼女が死んでしまう。これは王宮魔法使いでも一部の者しか解除できないのです」

このまま放置はできないけれど、まだ魔獣がいるので結界を消すこともできない。

ただ待つしかできないの？

　やきもきしていると、先生は倒れた令嬢の背中に手を当てて何やら詠唱し始めた。いつもの言葉と違い古語で詠唱を行っているわ。私も古語は過去の王妃教育で覚えているので詠唱を間違えなければ唱えられる気がする。さすがにぶっつけ本番ということは絶対しないけれどね。先生が円の破壊をしているので私は見守るしかない。

　先生が少しずつ魔力を流し始めると、砂がこぼれていくように円の一部から少しずつ赤い線が消えていく。その様子を周りも固唾《かたず》を呑んで見守っている。

「ふぅ、一人解除ができました。ユリア様、もう一人の令嬢をこちらへ。ユリア様はこの令嬢に治癒魔法を」

「分かりました。先生」

　私と先生は場所を交換し、私は令嬢に治癒魔法をかけるため手で触れる。どういう状況なのか、魔力を流し探ってみると、彼女は魔力の枯渇に近い状態だった。もしかしてこの令嬢の魔力を使って魔獣を呼び寄せ、転送したのかもしれない。私が先生に視線を向けると先生は一つ頷いた。ここで口にしてはならない。

　治療を続けると、今まで死にそうなほど白い顔をしていた令嬢の弱々しい息が穏やかな呼吸へと変わった。

もう大丈夫ね。先生の方も無事にもう一つの魔法円を解除できたみたい。

「先生、治療を代わりますか？」

「あぁ、こっちは大丈夫です。それよりもそろそろ結界を解いた方がいいですね」

先生にそう言われて私は結界を解除する。半透明の結界だったせいか結界を解いた瞬間、何人もの令嬢が悲鳴を上げて倒れてしまった。こ、これは申し訳ないわ。

仕方がないとはいえ今まで箱入りで育てられてきた令嬢たちに魔物の死体の山は厳しい。令息たちも青い顔をしているもの。結界が解けると、近衛騎士たちが走り寄ってきて殿下を取り囲み、殿下の安全も確保されたようだ。

「先生、魔物で怪我をした騎士たちがたくさんいると思うのですが、私も手伝いに行った方が良いですか？」

「いや、何かあればパロン先生も呼ばれるだろうし、王宮魔法使いもいるから大丈夫でしょう。それにしてもここの臭いは堪える。私の部屋へ行きましょうか」

先生は私の手を引き、歩き出す。私が周りを確認すると、騎士たちが令嬢や令息たちを警護しながら王宮の建物内に入っていくのが見え、ほっと軽く息を吐いた。

「先生、さっきは驚きました！　こんなことってあるのですね。王宮内は魔法円が使えないものだと思っていましたから」

私は部屋に入ってすぐに口を開いた。興奮しているせいか言葉がとどまることを知らない。

「ユリア様も疲れたでしょう。まぁ、そこに座ってこれを噛んでください」

先生が3枚の葉を私に差し出した。

「先生、これは？」

「これはジョロの葉です。先ほどたくさんの魔力を使いましたからね。この葉を噛むとわずかに魔力が回復しますよ」

私は先生から葉を受け取り、口に入れて噛んだ。ジョロの葉は苦味があってあまり美味しくはなかった。けれど、噛むごとにふんわりと魔力が葉から漏れてくるのが分かるわ。先生は私を見て笑っている。

「先生？」

「いや、3枚一気に口に入れるとは思っていませんでしたから」

「それを早く言ってくださいっ」

「いえ、効果は同じなので、一気に口に入れても構わないのですよ」

どうやら魔法使いが執務で口寂しい時にジョロの葉を噛むことが多いみたい。キャンディの代わりなのかしら。

「それにしても今日は災難でしたね。通常、訓練場以外の王宮では魔法の使用制限があるはずなのですが、機能していなかった。今後調査が進められるでしょう。それとあの令嬢たちの背中にあった魔法円。どこで刻まれたのかも今後調べていくのでしょうね。それにしても貴族令息や令嬢がみんな無傷で良かったですよ。それもこれもユリア様の張った結界のおかげです」

「先生が教えてくれていたからできたのです。初めて一人であの大きさの結界を張るのはドキドキしましたわ」

「魔力の減りはどうですか？」

「えっと、半分くらいでしょうか。まだ戦えます！　そういえば、私、先生の魔法円の解除を見て思ったのですが、私は王宮魔法使いに向いていないのではないかと」

　先生は驚いたようにお茶を飲む手を止めた。

「なぜそう思うのか聞いても？」

「えっと、パロン先生の元で魔力の調整を訓練していますが、どちらかといえばズバーンと何も考えずに魔法攻撃することが私の性には合っている気がするんですよね。攻撃魔法をメインにした魔法使いになりたいです。これってギルドでやっていく方が良いのかしら」

「ちょっと待ってください、それは迂闊《うかつ》だと思います。ユリア様ほどの魔法使いであればすぐにでも王宮魔法使いになれますし、攻撃魔法専門の魔法使いもたくさんいます。冒険者ではなく、ぜひ王宮にっ」

珍しく先生が焦っているようにも見える。その姿が何だかおかしくて笑ってしまう。

「先生、私は学生ですわ。まだ進路は考え中なのです。でも、どうでしょうかね。今回のことで私、とても目立ってしまいましたわ。長期休暇中で本当に良かったです。ただでさえクラスでも浮いているというのに。豪胆な令嬢と噂されれば……婚約者はこれから先も現れないでしょうね。貴族でいれば後妻にと嫁がされそうですし、やはり一人で生きていく道を真剣に考えねばなりませんね」

しゃべるだけしゃべって落ち着いた私はふぅと一息ついて、長い髪を指に巻き取りながら悩んでいる素振りをする。

「魔法使いなら大丈夫ですよ。むしろ魔力が多いユリア様を娶りたいと思う人が多いかもしれませんね」

「でも先生。私の場合は特殊ですわ。魔力量が多いのはパロン先生のおかげなのです。子を産んでも魔力の多さは子に遺伝しないと思いますが」

「その辺りは不確かな話ですね。魔力が子に受け継がれる可能性もある。そうなれば王族との結婚だって可能性が出てきますよ？」

……やはり冒険者となって国を出るしかないかもしれない。それか急いで婚約者を見つけるか。

「うーん。王族とお近づきにはなりたくありません。冒険者になるか、さっさと結婚してしまうか。その前に、どこかに私を好いてくれる婚約者が転がっていないかしら？」

「では私が立候補しておきましょう」

「ジャンニーノ先生が？」

「えぇ、おかしいところはないはずですが？　私はまだ20歳ですし、一応子爵令息ですよ？　次男ですが」

「私はまだ13歳ですよ？」

いや、もうすぐ14歳だわ。年齢的には、7歳差はよくある話。政略結婚が多い貴族の事情を考えると、多少でも人となりを知っている先生が婚約者になるのはいい話だと思う。でも、突然降って湧いた話で動揺してしまう。

「まぁ、考えておいてください。悪い話ではありませんよ？　ユリア様が王宮魔法使いとして働くのは大賛成ですし、２人で魔法を極めるのも楽しそうです」

「婚約については考えておきますね」

「えぇ。貴女はまだ若いですし、結婚するにしてもあと3年はできませんから。ゆっくり待っていますよ」

この国の制度では16歳から結婚ができる。十数年前までは12歳で結婚が許可されていたけれど、若い娘を娶るのがいささか問題のある貴族の男ばかりで、成長途中の若い娘が不幸になるばかりだと制度が変わったのだ。いまだ男尊女卑も色濃く残っているが、近年はそれも少しずつ薄らいではいる。それもこれも今の陛下のおかげだ。陛下は不幸になる令嬢が一人でも減るようにと尽力されているのだ。

以前の私は弱かったけれど、今は強くなったと思う。前回のようには絶対にならない。そう強く心に誓っているの。

ジャンニーノ先生としばらくお茶をしながら魔法の講義を受けた後、私は邸へと戻った。

邸の者はまだ王宮で起こったことを誰も知らない様子。色々と言われるのも煩《わずら》わしいと思ったので、侍女に頼んでドレスをすぐに脱ぎ、いつもの格好をする。

……そろそろ王宮からの連絡が邸にあると思うのよね。

それでまた足止めをされて邸で過ごすのは勘弁願いたい。ここはさっさとトンズラするに限るわ。

「今日はもう寮に帰るわ。何かあったら手紙をちょうだい」

執事にそう伝えて邸を出る準備をしていると。

「食事をされていかれませんか？」

執事は何かを感じ取ったのか聞いてきた。

「いらないわ。私がいても弟たちが嫌がるだけでしょう？」

「……かしこまりました」

私は認識阻害の魔法をかけてから早足で学院に戻った。普段でも街は賑わっているのだけれど、今日はどことなくせわしない感じがする。やはり王宮であった事件のせいかな。それは学院でも同じだった。

いつもなら門にいる警備兵には止められないけれど、今日はしっかりと身分を確認されたわ。学院にも警戒するようにと通達がいっているのね。

「ふぅ、疲れた。もう駄目」

私は一言そう呟いてベッドに気絶するように倒れ込み、そのまま眠りに落ちた。


どれくらい眠ったのかしら？　気づけば夕方になっていた。えっと、昼過ぎに邸を出て、寮に帰ってすぐにベッドに入ったから数時間ほど寝ていたのかしら？

頭がぼんやりとしているので特に疑問も持たずに食堂へ向かおうと着替えをしていると、部屋をノックする音が聞こえてきた。

「はい、誰ですか？」

ねぼけ眼《まなこ》で扉を開けるとそこに立っていたのは寮母さんだった。とても心配しているようで何か一生懸命早口で話をしている。

「ごめんなさい、まだ眠くって。どうしたんですか？」

「ユリアさんっ、お家から連絡がつかないと何度も寮に手紙が来たのよ？」

私が寝ていた数時間の間に何が起こったのかしら？　少しずつ頭がすっきりし始め、周りを見ると、伝言魔法で送られてきた手紙が10通ほど私の手の中に飛び込んできた。その手紙の数に私はびっくりした。

「とにかく、一度学院の医務室で診てもらった方がいいと思うわ」

え？　数時間寝ていただけで？

私はとりあえず寮母さんに元気であることを伝えた後、「食堂へ行くついでに医務室に寄ってみます」とだけ返事をしておいた。寮母さんには何かあったらすぐに連絡するように言われたわ。数時間の間に王宮はとんでもないことになったのかしら。

私は寮母さんが帰った後、ベッドに座って届いた手紙に目を通した。7通は家からの手紙だったわ。そして残りの3通は王宮からとヨランド様からとパロン先生の診療所からの手紙だった。まず我が家からの手紙には私を呼び戻す内容が書かれていた。王宮からの手紙はお礼をするので登城するようにという内容だった。ヨランド様からの手紙には私を気遣う内容が書かれてあった。パロン先生からの手紙には、王宮から治癒士として緊急に呼び出しがかかったことで何が起こったのかを知ったと書いてあった。私を心配しての連絡だったみたい。

そして気づいた。数時間だけ寝ている間にと思っていたけれど、ベッドに倒れ込んでから既に3日は経っていたみたい。そりゃ寮母さんも心配になるわよね。

私は慌ててパロン先生に返事を書いたわ。ヨランド様にも『大丈夫です』と最低限のことだけを書いて送っておいた。そして父からの呼び出し。……これは仕方がない。私の気分は一気に急降下よね。

一応、父にはこのたび起きたこと、明日家に顔を出しますとだけ書いて送っておいた。私が眠っている間に何が起こっていたのかしら。とりあえずお腹が減ったので3日ぶりに食堂へ向かった。もともと長期休暇で人が少ないのに、お茶会の件で残った生徒も帰宅し、食堂には料理人も含め、人がほとんどいない状態だった。食事がまともに摂れないのは少し困る。辛うじて厨房に料理長が一人残っていてパンとスクランブルエッグを出してくれたわ。早めに医務室にも行かないとね。料理長にお礼を言って流し込むように食事をした後、医務室へと向かった。

「先生、いますか？」

「おや、君はまだ寮に残っているのかい？」

「えぇ。先ほど3日ぶりに起きたのです。寮母さんから診察してもらうようにと言われて来ました」

「3日ぶり？　どこも怪我はしていないな。魔力異常も見られない。魔力回復のために眠りについただけのようだ。まさか君は、王宮の魔物の襲撃現場にいたのかい？」

「ええ、いました。大きな結界を張っていたから結構な魔力を消費していたと思います」

「そうか、君だったのか。君の張った結界のおかげで招待客や王太子殿下に怪我はなかったと聞いたよ。ワシも臨時医務班として騎士の治療のために王宮へ呼ばれたのだが、皆、口を揃えて結界を張った者を賞賛しておったよ」

「初めて大きな結界を張ったので不安でしたが、上手くいって良かったですわ。そのまま3日間眠り続けることになりましたが」

笑いながら話をする。特に怪我もないし、大量の魔力消費で疲れて眠っただけで良かったわ。先生にお礼を言って部屋に戻った。

3日間眠って数時間前に起きたばっかりだけれど、明日からのことを考えるのも億劫だったので、ベッドでゴロゴロしているといつの間にかまた眠ってしまったらしい。やはり本調子ではなかったのかも。

翌日は早朝からすっきりと目覚めることができた。さすがに4日間も寝ていれば、ね。億劫だと思いつつも支度して寮を出る。

ギルドに行くような服装ではさすがに良くないわよね。家から迎えの馬車はこないので、ワンピースにローブを着てフードを深く被って寮を出た。街は騒がしかったけれど邸まで難なく歩いてこられたわ。

邸に入ろうとした時、門番に引き留められた。

「ユリアよ。今日家に行くと父に手紙を送ったのだけれど」

「……執事殿から連絡を貰っています。ユリア様、お帰りなさいませ」

門番にもしっかりと話が伝わっているようだ。でも、一応私はオズボーン家の一員なのよね。少しのわだかまりを胸に引っかけたまま私は邸へと入った。

「ユリアお嬢様、お帰りなさいませ。旦那様がお待ちです」

執事は待ちかねていたように私を父の元へと案内する。

「お父様、ただいま戻りました」

「あぁ。早速だが、先日の王宮で行われたお茶会の件で詳しく話が聞きたいと陛下の側近の一人が邸へと来た。だが、お前は既に寮に帰った後だった。それとこの釣書の山。いったいどういうことだ？」

父は葉巻を咥《くわ》えながら私に聞いてきた。なんて答えれば正解なのかしら。

「どういうことかと聞かれても、私にも分かりませんわ。お茶会の会場で魔物が現れたので殿下をお守りしただけです。そのせいで魔力を使いすぎて3日も眠りにつくことになりましたわ。釣書についてはその場にいた人が私を嫁に欲しいと思ったのではないですか？　ああ、私は誰とも結婚する気はありません。魔法使いになるとお父様にはお伝えしていると思いますよね？　……そうですね、しいて言うのであれば、王宮魔法使いのジャンニーノ先生とならば婚約を考えても良いかと思っています」

お茶会で起こったことを詳しく話すことになった。その際に殿下たちを守るために結界を張ったことも。釣書はそれを見ていた人たちから届いたのだろうということも。私が嫌だと言ってもこの家族だ。勝手に婚約者を決めてもおかしくないと思うの。

「……そうか。それで今の状況になったのだな？　明日は王宮へ向かうのか？」

「明日登城しようと思っていたのですが、王宮からは今日の午後に呼ばれたのでこのまま行こうと思っています」

「……その格好では失礼にあたる。着替えてから行きなさい。面会の後またここにくるように」

「もちろんですわ」

さすがに遠い記憶とはいえ、城に行くための服装くらいはばっちり覚えているわよ。心の中でそう言うけれど口にも顔にも出さない。とりあえずゆっくりしている時間はないので家に戻ってきてから釣書の話をすることになったわ。

父の考えとしてはどうなのだろう。一度しっかりと聞いておきたいところ。それによって今後どうするのかも考えなくてはいけない。

私は客間でドレスに着替えて王宮へ向かった。

「ユリア・オズボーン伯爵令嬢がお見えになりました」

そう案内されたのは豪華な造りになっている謁見《えっけん》の間。陛下までの距離が遠いわ。赤絨毯をゆっくり進んで臣下の礼を執る。

「ラーガンド王国の太陽であらせられるヨゼフ国王様に謁見の機会を与えていただいたこと、至上の喜びと感謝の念に堪えません。本日、国王陛下の命により参上いたしました」

「堅苦しいことはよい。先日のお茶会での件だ。結界を張り、ランドルフや他の貴族を守ってくれたと聞いた。感謝する。私からの褒美を考えたのだが、王妃が納得しなくてな。ユリア嬢に聞くのが一番良いとなった。何か望むものはあるか？」

陛下は婚約者をあてがうとか、爵位を授けて取り込むとか考えていたに違いない。前回の私の記憶では、王妃様はとても優しくて親身に話を聞いてくれる第二の母みたいな感じだった。今回も令嬢の喜ぶものがいいわとおっしゃったに違いない。

褒美、ねぇ。何がいいかしら。

「褒美は、王宮の料理長が作るお菓子を頂きたいです。王宮でしか味わえない菓子。先日のお茶会ではあまり口にすることができずに後悔しておりました」

私は少し考えたふりをしてから答えた。食べられるならまた食べたい。

「そんなもので良いのか？」

陛下はいささか拍子抜けしたような顔をしている。

「はい。王宮のお菓子はとても美味しいのでぜひとも頂きたいです」

「宝石や爵位はどうだ。そなたは婚約者もおらんのだろう？　もっと望んでも良いのだが」

「……申し訳ございません。私は幼少の頃より領地の小さな町で生活してきたためかあまり宝石や爵位に興味がございません。将来、平民になることも考えております」

「なんと。もったいないな。せっかくの貴族なのだぞ？」

「……病気も長く患い過ごしてきたせいか、あまり貴族に興味はございません。今でも病のせいで周りからは奇異な目で見られることもあるのです。一平民としてひっそりと暮らしていければと思っております」

「そうか、欲がないのだな。まぁ、よい。王宮の料理長が作る菓子であったな。すぐに作らせよう。それまで客室で待つが良い」

「ありがたき幸せに存じます」

陛下はとても残念そうにしていたわ。欲がないのはあまりいいことではない。欲があればそれを褒美と称して相手をコントロールし、今後も働かせることができから。欲がなければ王家側からすれば取り込みづらい相手なのよね。どうしても手放せない相手であれば王命が下されるだろうけれど、病持ちの私を取り込むにはリスクが高い。そこまでの重要人物は見なされていない。

王家にとって今の自分の価値がよく分かるわね。付かず離れず、このままの状態を維持していきたいものだわ。

客間で休んでいると、従者が伝言を預かってきたと部屋に入ってきた。

「ランドルフ殿下から『お茶会のことでお礼を言いたい。第一サロンで待っている』とのことです。第一サロンまでお連れするよう仰せつかっております」

……どこかで接触があると思っていたけれど今、なのね。

天気は良くて、普段だったらお茶をするには中庭が最高なのだけれど、さすがに魔物が暴れ回って日も経っていないから場所がサロンになったのだろう。私は従者の案内で第一サロンへと向かった。

王宮にはいくつかのサロンがあり、貴族用のサロン、外交官用サロン、王族専用サロンが設けられている。第一サロンは貴族用のサロンとなっており、私も過去に何度かこのサロンでお茶をしたことがあるわ。

サロンへ到着すると、既にランドルフ殿下が席に着いていた。彼は私を見るなり特別な笑顔になった。

……今の私たちはそんな間柄ではないのだけれど。私は殿下に礼をして席に着いた。

「ユリア嬢、怪我はなかったかな？　結界を張ってくれたおかげで私はこうして怪我をせずにすんだ。ありがとう。君とまたこうしてお茶をしたかったんだ。学院ではゆっくりと話をすることができないからね」

まぁ、あの令嬢たちがいつもランドルフ殿下の周りにいるし、近づこうものなら牽制しまくりだからね。

「怪我はありませんでしたわ。殿下がご無事で何よりです」

私は微笑みながらお茶を口にする。久々の香り高いお茶。心して飲もう。そう思って紅茶や出される茶菓子を堪能していると、殿下が笑っていることに気づいた。

「どうかされましたか？」

「いや、こんなにもお茶やお菓子を深く味わっている姿が可愛くて。美味しいかな？」

「えぇ、とても美味しいですわ。伯爵家では食べられますが、私はずっと領地の片隅で侍女と暮らしておりましたので甘味を口にすることがなかったのです。今も、寮生活でフルーツは食べますが菓子はないですから」

「そ、そうか。確か褒美も王宮の菓子と聞いた。本当にあれでよかったのかな？」

「えぇ。とても満足ですわ」

私は満面の笑みを浮かべる。

「そういえば、ユリア嬢はいつも学院が終わった後、何をしているの？」

殿下は話を変えてきた。彼は甘い物をあまり食べない人だから、かな。どこまで私の情報を掴んでいるのだろう。別に話をしても後ろ暗いところはないけれど、興味を持たれても困るのよね。

「学院後、ですか。ジャンニーノ先生に魔法を教わったり、勉強をしたりしておりますわ。私は田舎育ちですので勉強をしなければついていけませんもの」

「君は優秀だとヨランドが言っていたけれど。私が教えようか？ ヨランドもいるし」

「ふふっ。そのお気持ちだけで十分ですわ。ランドルフ殿下と一緒にいるだけで婚約者候補の方々に睨まれてしまいます。それに訳ありな瑕疵のある令嬢と一緒にいることは殿下の評判にも関わってきます。本当にお気持ちだけで十分ですわ」

「……そうか」

精神的に乗り越えたとはいえ、既に消滅した過去の出来事だとはいえ、殿下にされたことを忘れたわけではないの。殿下と話をしていてふと疑問に思う。なぜ私には過去の記憶があって他の人たちにはないのかを。

私たち人間には魔法があるけれど、過去や未来を行き来するような時間を操る魔法は知らない。

神の気まぐれなのだろうか？

それとも私の知らない、時間を操るような魔法が存在するのだろうか？

「あの日以降、君のところに釣書がたくさん届いていると聞いたんだけど、もう婚約者の候補は決まったのかな？」

「どうでしょうか。私は持病持ちですし、生憎《あいにく》と結婚に希望は持っておりませんの」

「……もしも、もしも望みがあるのなら……私を君の婚約者の候補に入れてほしい」

ランドルフ殿下は微笑みながらカップに口を付ける。この場に父がいれば是が非でも、と返事をしていたと思う。父がいなくて良かったわ。

「残念ですが、その件に関しては無理でしょう。殿下が私を気に入ってくださったのはありがたいですが、先ほども言った通り、私は持病持ち。王妃になれる器ではありません。それこそヴェーラ・ヴェネジクト様が王妃にふさわしいと思いますわ」

するとさっきまでにこやかに微笑んでいた王子から笑顔が消えた。

「なぜそこでヴェーラ嬢が出てくるのかな？」

「ヴェーラ・ヴェネジクト様はランドルフ殿下の筆頭婚約者候補ですもの。疑問にも思いませんわ」

私は不思議そうに答える。実際、学院では彼女を筆頭に候補者たちが牽制して回っているし、公言しているもの。

「それは彼女が勝手に言っているだけだよ。私はユリア・オズボーン、君を婚約者に迎えたいと思っている。私は……君だけに自分の心を捧げたい」

「そう思っていただけるのは嬉しい限りですわ。でも、王妃になるのはその役割を務めあげる者でなければなりません。平民と変わらぬ暮らしをしてきた私には難しいでしょう。貴族たちをまとめ上げる手腕もありませんわ」

私はやんわりと断る。彼は、何を考えているのだろう？　もしかして、私と同じく過去の記憶がある、の？

「ごめ「ユリア様、探しました。大丈夫ですか？　まだ本調子ではないと思って迎えにきましたよ」

ランドルフ殿下が何か告げようと口を開いた瞬間、呼ぶ声がして私は振り向いた。

「ジャンニーノ先生」

どうやら先生は私を心配して来てくれたようだ。

「これはこれは、ランドルフ殿下。先日の魔物の襲撃は大変でしたね」

「あぁ。君のおかげで助かったよ。ユリア嬢にもこうしてお礼を述べていたところだ」

「そうでしたか。彼女は招待客を結界で守り、魔物を攻撃して騎士を助けていたのです。多くの魔力を消費し、休養を必要としている令嬢を王宮に呼びつけるのは褒められたものではありませんね」

「確かにそうだね。ユリア嬢、父共々すまなかった」

「いえ、ご心配いただきありがとうございます。昨日目覚めましたし、私の方は大丈夫ですわ」

「……そうだったんだね。ユリア嬢には無理をさせてしまった。本当にごめん」

ランドルフ殿下が、私が3日間眠りについていたことを知らなかったのは仕方がない。

「さぁ、ユリア様。私の部屋へ向かいましょう。あの魔法円の影響を調べますからね」

ジャンニーノ先生は私の手を取り連れていこうとしている。さすがに王太子に呼ばれてお茶をしているのに席を立つのはマナー違反だろう。けれど、先生はその暴挙が許される立場の魔法使いなのかもしれない。

「あぁ、ジャンニーノ。ユリア嬢に無理をさせてすまなかったな。ユリア嬢、私の気持ちは変わらない。……ではまたね」

ジャンニーノ先生はにこやかに私をエスコートしながらサロンを出た。

「全く……」

先生は少し苛立っているように見える。

「先生？　どうかされたのですか？」

「あぁ、気にしないでください。こちらのことですから」

そうしていつもの先生の研究室へとやってきた。

「ユリア様、丸3日眠り続けていたのでしょう？」

「寮に戻ってから普段通りに寝たつもりだったのですが、起きて驚きました」

私が笑い事のように話をすると、先生は珍しく怒っていた。

「ジャンニーノ先生？」

「ユリア様、貴女って人は人を心配させる天才ですね。パロン医師からも聞いていましたが。全く……」

先生は私のことを心配して怒っていたようだ。

「先生、私もまさかそんなに眠っていたなんて思わなかったのです」

言い訳のように言葉を口にする私。

「魔力が枯渇するまで魔法を使えば眠りにつくのは当たり前です。あの時、貴女の半分という言葉を信じた私が迂闊でした」

「え？　でも、私、本当に半分ほど魔力を使っていただけですよ？　今までこんなに魔力を使ったことはなかったけれど、使った分眠るのは当たり前ではないのですか？」

私の言葉にジャンニーノ先生が何かを考えている。

「うーん。少し調べても良いですか？」

「？　ええ、構いませんよ？」

私がそう言うと、先生は部屋の隅から一つの魔法円が刻まれた金属板を持ってきた。

「ユリア様、この銅板に乗ってください」

私は足元に置かれた銅板に、言われるがまま乗ってみる。すると先生は呪文を唱えた。どうやらこの銅板は魔力を測る物のようだ。学院で行った、水晶に手を翳して光の強さで判別する方法は簡易的なものらしい。この銅板はというと魔力の多さを細かく色で識別できるのだとか。魔力量が少ないと青、中間は緑、多いと赤になる。

そして測った結果はもちろん真っ赤。ジャンニーノ先生は、私の魔力がこんなにも多いのに3日間も眠りについたことに疑問しかないようだ。

「そういえばユリア様はどうして領地にこもっていたのですか？　幼少期に何かあったのでしょうか？」

幼少期からの成育歴で答えになるものを探るのだとか。私は先生に聞かれて話すかどうか迷ってしまう。これまでのことからジャンニーノ先生のことを信用している。話をしても問題ないだろうか。考えあぐねた末、過去のことだと割り切って話そうと覚悟を決めた。

「先生、これは誰にも他言しないでほしいのです。パロン先生には魔法契約をした上で話しました」

「魔法契約？　そんなに重いものなのですね。いいでしょう。私も魔法契約をした上で貴女のことを知りたい。誰にも他言はしません」

先生はそう言うと、部屋に防音結界を張り、魔法契約書を取り出してあっさりとサインする。先生の性格からすれば先生は純粋に知りたいのだと思う。

私は時間を戻っていることやパロン先生の夢見の魔法で3年間ずっと魔物と戦い続けてきたこと

など、魔力が増えた理由をできるだけ詳しく話した。そしてランドルフ殿下に極力関わりたくないことも。平民になって国外に行こうと思っていることは言わなかったけれど。

先生は、どうして夢見の魔法をかけたのかという話に興味を持ったようだった。私の話を聞きながら魔法で一冊の本を本棚から取り出し、めくっている。過去にも同じような事例があるのかしら？

私は疑問に思っていたことを、この機会にと思って、先生に聞いてみた。

「先生、時間を操る魔法は存在しないと教わっているのですが、私はこの通り過去に戻っています。何かあるのでしょうか？」

「……時を戻る、ですか。なくはないですよ。ただ、とても特殊で使えるのは正当な王族のみ。使用者の犠牲も必要になる」

「え？　王族のみ……ですか？」

「ええ、そう記されています。ほら、ここに」

先生から差し出された本には確かにそういう記述があった。ただ詳しくは書かれていない。これは王族の秘密だからだろう。

自分の死と引き換えに時間を戻す。

王族の誰が私の時間を戻したのだろうか？

王妃様は公爵家の出身なので魔法は使えない。となると国王陛下？

それともランドルフ殿下……？

あれだけ私のことを憎んでいたのに？

そう考えた瞬間、あの忌まわしい出来事が脳裏をよぎった。ガタガタと震える体。

「……嫌よ、嫌よ！　いやぁぁっ。助けて、助けてっ。いやあぁぁぁぁ……」

過去の記憶に悲鳴を上げて倒れた。どこか遠くでジャンニーノ先生の声がした。

◆◇◆◇◆

気がつくと知らない天井が目に映る。

「……こ、ここは？」

私は起き上がり、周りを見渡すと、ベッド横に座っていたジャンニーノ先生が、私をギュッと抱きしめてきた。

「ユリア様。無理をさせてしまったようですね。ここは王宮の医務室です」

「えっと、私、倒れてしまったのですね。ごめんなさい。ご迷惑をおかけしました」

「目が覚めましたか。異常がないか確認いたします」

医師の言葉に先生は私から離れ、近づいてきた医師が私に魔法をかけて調べていく。

「……異常はないようです。落ち着いたらお帰りいただいて大丈夫ですよ」

「ありがとうございます」

「ユリア様、今日は診療所まで送ります。パロン医師にも診てもらいましょう」

「ジャンニーノ先生、ありがとうございます」

私はベッドから飛び降りようとしてジャンニーノ先生に叱られたわ。

「何があるか分かりません」

先生は私をヒョイと抱え、歩き始めた。

「せ、先生⁉　私は歩けます。重いですから」

「軽いですよ？　私は魔法使いですからね」

「魔法使いという理由がよく分かりませんわ⁉」

「これでも王都の外に騎士たちと魔獣討伐に出るんですよ。騎士たちに付いていけるよう日頃から魔法使いも鍛え上げているんです。ユリア様を抱えるくらい何でもないですから」

アワアワとどうしていいか分からずに視線をさまよわせる私。恥ずかしいやら重いんじゃないかって申し訳ないやら、私なりの乙女心。先生は笑顔で医務室を出て馬車乗り場まで歩いていく。通路では何事かとこちらを見てくる人たちの視線が痛かったわ。王宮から馬車で15分の距離。先生は馬車に乗り込んでようやく私を座席に降ろした。

「このままパロン医師の診療所まで飛んでも良かったんですが、さすがに街でそれをすれば私も叱られますからね」

笑いながらそう言っているけれど、先生なら問題ないと平気で飛んで帰りそうな気もする。そうだ、今日は邸に戻ると父と約束をしていたんだった。思い出した私は父に『王宮で倒れ、パロン医師に診てもらうため今診療所に向かっている』と伝言を飛ばした。父からはすぐに『分かった。無理はしないように』とだけ返事が来た。

「パロン先生、ユリア様を連れてきました」

ジャンニーノ先生はあらかじめパロン先生に連絡を入れていたようですぐに私は治療室に運ばれた。そう、運ばれたの。馬車を降りてすぐにまた抱きかかえられた私。その姿を見たパロン先生は私の状態が悪いのかと心配している。

「大丈夫かい？　すぐに診察しよう」

「パロン先生、王宮の医師にも診てもらって異常はないと言われましたし、大丈夫です。ジャンニーノ先生が過保護なだけですから……」

「ジャンニーノ君、ユリア様と少し話をするので席を外してくれないか？」

「いえ、私もここにいますよ。大事な話でしょうから」

「先生、ジャンニーノ先生には時間が巻き戻ったことを話してあるので大丈夫です」

私はそう言って先生たちの魔法契約の一部を許可した。

「……そうか。長い間出ていなかった発作が起きたのだ。詳しく聞いても？」

「はい。王宮でジャンニーノ先生と魔力量の話になって、領地でどのように暮らしていたのかを聞かれたので答えたんです。未来から過去に戻ったことも、夢見の話もしました。そうしたら先生は時を戻す魔法が書かれた本を見せてくれたんです。その本には、時を戻す魔法は王族のみが使えるもので、使用者の犠牲が必要だと書いてありました。その内容を見た時に過去の出来事を思い出してしまって倒れました。いつもなら過去の記憶と思い素通りできたのですが、殿下が、ランドルフ殿下が、な、なぜ、自分を、ぎ……」

「大丈夫。もういい。ユリア様、少し休もう」

ジャンニーノ先生が私の頬を指でなぞる。いつの間にか私は涙をこぼしていた。

「……で、も」

「大丈夫。私がちゃんとパロン先生に話をしますから。少し横になった方がいい」

パロン先生は私をベッドへ寝かせた後、魔法をかけた。先ほどまでの辛かった感情が少しずつ楽になってくる。

「ほんの少しだけ睡眠魔法をかけたので眠くなるかもしれない。眠くなったらそのまま眠ってもいい」

「はい」

気づけば、体も強張っていたみたい。パロン先生の魔法で落ち着きを取り戻し始めた。

「ユリア様、今日はグレアム君の宿に泊まっていきなさい。すぐに迎えに来てくれるそうだ」

「先生、私はもう大丈夫です。一人で歩いて宿に向かえます！」

パロン先生の言葉に私が自分でそれくらいできると言うと、ジャンニーノ先生が笑顔で私に言った。

「グレアムさんが来るまで私の腕の中で安静にさせた方がいいのかな？」

「……エメのお迎えが来るまで待っています」

「それが賢明だ」

すぐにエメが私を心配して迎えに来てくれたわ。

「ユリアお嬢様、倒れたと聞いて急いで来ました」

「エメ、ごめんなさい。いつもなら大丈夫なんだけれど、ちょっと考え込んだ時に思い出してしまったの」

「エメさん、今日はそちらの宿にユリア様を泊めてもらえるかい？　君のところならユリア様も安心して過ごせるからね」

「パロン先生、もちろんです。ユリアお嬢様、帰りますよ。歩けますか？」

「大丈夫、歩けるわ。パロン先生、ジャンニーノ先生、ありがとうございました」

「気を付けて。今日は無理しないように。また連絡します」

「はい」

私はそう言ってエメに連れられて診療所を後にした。エメたちの家に戻るとみんな心配してくれた。本当に家族って良いものね。

私がこの夜、弟たちといっぱい遊んでエメに叱られて渋々ベッドに入ったのは言うまでもない。

◆◇◆◇◆

〈ジャンニーノ視点〉

「パロン先生、彼女に夢見の魔法を使っていたのですね」

「あぁ、そうだ。あの当時、彼女はまだ幼いながらも死にたいと願うほどに辛い経験をしたようだった。彼女から詳しい話を聞いたかい？」

「おおよその流れは聞きました」

「彼女はランドルフ殿下の命令で、暴行を加えられた。それが大きな傷になっている。夢見の魔法ではそのことを忘れるように昼夜問わず3年間ずっと魔物と戦い続けていたそうだ。彼女の魔力量がずば抜けているのも納得いく話だな」

「彼女の魔力量なら3日間の深い眠りにつかなくても良いはずなのに、なぜ眠りについたのか分かりません」

私はパロン先生に疑問を投げた。

「ユリアお嬢様は本当に優しい。普段から我慢をし続けているのだろう。心の傷はまだ癒えていない。自分で思い出さないように蓋をしているのだ。領地にいた時は元気に走り回っていたとエメから聞いている。王都に戻ってきて、傷が刺激され続けている。魔力をいつもより消費したのをきっかけにして無意識に心を守るために眠りについたのだろう。できるなら王都から離れた生活をした方がいいのだが、貴族であるうちは仕方がない」

「ああ、だから魔法使いとして他の国に行きたいと言っていたのか」

「ユリアお嬢様は平民になることを望んでいる。一人で生きていくために今は様々なことに挑戦しているのだよ」

「やはり王太子が邪魔ですね」

「そう、苛立たんでも。もとより病のために婚約者候補から外れていたんだ。私は王太子の方も気になるがな。まぁ今回、君が倒れたユリアお嬢様を医務室に連れていった。このことは王家に報告がいっているだろう。これが決定打になるかもしれんな。ただ、国一番の魔法使いを手放すかと言われれば……だろうがな」

私はパロン先生と少し話をした後、王宮へ戻り、とある場所へと向かった。

「……入れ」

ノックした扉から聞こえてくる声。ジャンニーノはずかずかと部屋に入っていく。

「ランドルフ殿下、先ほどはどうも」

「ジャンニーノ、君がここに来るなんて珍しい。どうしたんだい？」

「報告が上がっているとは思いますが、ユリア様が倒れました」

「あぁ、聞いた。心配だから明日、見舞いに伯爵家に向かおうと思っていたんだ」

「……それはやめておいた方がよろしいかと」

「なぜ？」

「理由は分かりませんが、彼女には精神的に負担がかかっていたようです。医師からも今は静養が必要と診断が出ております。サロンの場で殿下は何かおっしゃったのですか？」

「ユリア嬢と婚約したいと言っただけだよ」

あえてランドルフ殿下にサロンでのことを切り出す。彼に過去の記憶はないのだろうか？　だが、ここまで人に執着を見せなかった殿下が彼女に声を掛けるのは気になる。

「王宮に呼ばれただけで倒れるのであれば殿下の婚約者には望ましくありません。殿下が望んでも他の婚約者候補は納得しないでしょう。そんな中、伯爵家に殿下が向かってしまえば、殿下との婚約を望んでいる令嬢たちからしたらユリア嬢は邪魔者。攻撃の対象になるでしょうね。彼女のことを思うのであれば手紙だけにすればよいのでは？」

私からすれば手紙も燃やしてしまいたいが。

「……」

ランドルフ殿下は青白い顔をしている。過去を思い出しているのか、はたまた自分が婚約を望む相手を攻撃されることを想像したのかは分からない。まぁ、どちらにせよユリア様に近づくことは許さない。

「私からの報告は以上です。では」

私は殿下の顔色などお構いなしに部屋を出て自室に戻った。

ふうっ、と息を吐きながらカウチソファに寝っ転がる。

……ユリア・オズボーン伯爵令嬢、か。

私はこれでも王宮魔法使い筆頭だ。パロン先生は私の魔法の師匠でもある。幼少期に馬車に跳ねられ大怪我をした。その時に治療をしてくれたのがパロン先生。私は貧乏子爵家の次男だったため、怪我をしても高名な医者にはかかれない。たまたまその場にいた先生が私の治療をしてくれたのだ。

パロン先生は平民向けの診療所を開いているのだが、治療の技術はとても高く、貴族も時折診療所に訪れる。私は先生のおかげで傷一つ残らず回復することができた。その治療の技術に感銘を受けて先生の元に通い、魔法の訓練をしていると、王宮魔法使いから声を掛けられてトントン拍子に王宮魔法使いとなった。そこから地道な努力が認められて筆頭魔法使いにまでなることができた。以前に王宮魔法使いたちが大勢解雇されたおかげで王宮魔法使いは常に人手不足で忙しい毎日を送っている。

そんな中、パロン先生からユリア様に教師として色々と教えてやってくれと要請がきた。正直、なんで王宮魔法使いの私が、という思いはあった。どうせ貴族相手だから私が呼ばれたんだ。適当に教えればいいか、とすら考えていた。だが、彼女に会って私は衝撃を受けた。

今まで文字を覚えていないと聞いていた13歳の令嬢が、学院卒業までの知識を持っている。心の病で領地の奥にいたはずなのに物覚えもいいし、穏やかで癇癪《かんしゃく》一つ起こさない。そして魔法に興味を持っている。俺の興味は一気にユリア様に向いた。

教えを請う姿は本当の妹のようで可愛く思える。領地にいた時の話は詳しく聞いていないが、剣や魔法を使い従者と魔獣を退治していたとか。貴族の令嬢が魔獣退治。実に面白い。

学院が始まると、私は王宮の仕事を退屈にこなすだけだった。たまに彼女は分からない課題や魔法の構築方法について思いついたことを紙に書いて私に送ってきた。私の考えと違って彼女の発想は面白く、新鮮で仕方がなかった。もっと彼女と魔法について討論してみたい。私の中の欲求は強まるばかりだ。

ある日突然、彼女からの緊急メッセージが届いた。『王宮の中庭で魔獣が出た』と。王宮にいる魔法使いを緊急招集し、現場に向かった。そこで彼女の凄さを目の当たりにする。大人数を囲う結界を維持したまま攻撃魔法を唱え、魔獣を攻撃している。

……器用すぎるだろう。

私も同時に魔法を使うのはできなくはないが、どちらかに偏りが出てくるからあまり使いたくはない。彼女の魔法を見ていると、結界や治療といった魔法より攻撃魔法の方が得意そうだ。おっと、状況を見ているだけでは筆頭としての名が廃る。

私は他の魔法使いに指示を出した後、魔獣を退治しながら彼女と魔法円を破壊して、なんとかその場は収めることができた。結界が消えた後、貴族の令息や令嬢たちの顔色はすこぶる悪かった。これを機に魔獣のことを真面目に学院で学んでほしいものだ。

その後すぐに、今回の王太子襲撃事件でユリア様の活躍を見た令息たちから釣書が多く届けられていると耳にした。それならば私も出しておこう。彼女とならば伴侶になってもいいかもしれないな、と思う。

早速実家に帰り、父に釣書を送るように伝えた。家族は大喜びだった。結婚する気のない息子、お前は王宮で気ままに生涯を過ごすのだと思っていたと言っていた。

……あながち間違いではないので言い返すことができない。

父はすぐに出しに行くと言ってどうやら伯爵家に直接釣書を持っていった。オズボーン伯爵は父が直接釣書を持ってきたことに驚いていたようだ。貧乏子爵だから門前払いをされかけたが、私の名前や職場、筆頭魔法使いであることを話すと、感触は良いものに変わったようだ。

後はユリア様が私を選んでくれればいいだけだ。たとえユリア様が平民になっても私一人で彼女を十分に養える。

そんなことを考えつつ、襲撃犯の手がかりを見つけるために中庭で起こった事件の調査をしていた。

体に魔法円が描かれていた令嬢は意識を取り戻すと、震えながら泣いていた。「以前、自分は誘拐された」のだと。彼女の名前はレイラ・シャード伯爵令嬢。王都で侍女たちと買い物に出かけた時に馬車が襲われそのまま森の中の小屋に連れていかれたと言っていた。そこで「この場で男たちに辱《はずかし》めを受けるか、この薬を飲むかどちらか選べ」とフードを深く被った男に言われ、レイラ嬢は助かりたい一心で薬を飲んだ。

彼女はその場で薬を飲み干すと、急に眠くなり、そのまま意識を失った。気がつけば邸の近くに捨てられていたようだ。レイラ嬢はそのまま邸に戻って普段通りに生活を続けていた。王宮に報告しなかったのは令嬢が傷物になってしまうことを両親が恐れたためだろう。

レイラ嬢は薬を飲まされたこと以外は無傷で邸に戻ったと思っていた。侍女からの話でも背中には何もなかった、気づかなかったという報告が上がっている。

魔法円を背中に描き、浮かび上がらせないようにする方法はある。本来、魔法円は術者の魔力を使って描いていく。ゆえに魔法円には術者の魔力が残り、誰が作ったのかが分かるのだ。魔力が多い者は人の魔力の形や色もうっすらと見えているのでレイラ嬢が背中に彼女以外の魔力を纏っていたら誰かしらは気づいたはずだ。だが、誰も気づいていない。となると、魔法円を無効状態にして魔力を断つ方法しかないが、魔力を断つと魔法円は起動しないのだ。

そこで考えられるのはあの場にいた誰かがレイラ嬢の背中に描かれた魔法円に魔力を流したということだ。その人物こそが今回の主犯格だろう。お茶会に参加した者のリストを手に入れた後、騎士団にこちらからの報告書を加えて渡す。俺はあくまで魔法についての調査。あとは騎士団が犯人を捕らえるだろう。

今回の襲撃によって騎士団は恥をかかされた。自分たちの領分である王宮で何人もの騎士が怪我をしている。彼らは相当怒っていたから必ず犯人は見つかるはずだ。ただ、主犯格が高位貴族であった場合、犯罪がどこまで公表されるかは分からない。

高位貴族が集まるお茶会を狙った理由、国家転覆が目的か？　それとも殿下を狙った？

これほど大きな事件を起こすのなら相当の覚悟を持っているんだろう。


あの事件の後、ユリア様本人は大丈夫だと言っていたし、魔力も豊富だから問題ないだろう、と私も思っていた。そんな考えが軽率だったことに気づいたのは彼女からの連絡が途絶えた後だった。油断した。パロン先生が『連絡が取れない』と私に伝言魔法で伝えてきた。

先生はあの事件後、忙しくて手が離せないようなので、私が代わりにユリア様の寮に向かおうとしていた時、ユリア様から目覚めたと連絡が来た。ホッと安堵したと同時に少しの怒りを覚えた。自分がいながら未成年の彼女に無理をさせてしまったのではないかと。もう少し過保護になってもよいのかもしれない。私はそう考えた。

そして彼女から聞いた、時を戻る前の話。

男の私でも陥れられ、処刑されることを怖いと感じるのだ。当事者であるユリア様は恐怖しかなかっただろうし、心を病んでも仕方がないだろう。彼女に時を戻る前の記憶がある、ということは時戻りの魔法を使用した殿下にも記憶があるのかもしれない。あの執着だ。きっと魔法を使ったのはランドルフ殿下だろう。

処刑される前まで殿下は自分のことを嫌っていたとユリア様は言っていた。もしかしたら殿下は洗脳か魅了の魔法をかけられていたんじゃないか？

そして彼女の死をきっかけに洗脳が解けた？

そんなことが起こりうるのだろうか？

なんにせよ彼女をこれ以上傷つけるのはよくない。

◆◇◆◇◆

「ユリアお嬢様、朝ですよ！」

「エメ、おはよう。すぐに用意するわ」

私はモソモソとベッドから起きだし、朝の準備をする。グレアムの手伝いをしながら朝食を摂り、弟たちとの別れを惜しみつつ泣く泣く邸に戻る。昨日着ていたドレスは宿に置いたまま。今は平民用のシャツとズボンとフードを被っているわ。エメたちの家に私の部屋も用意されているの。いつでもここに帰ってこられるように。

「ただいま戻りました。お父様、ご迷惑をおかけして申し訳ありませんでした」

私は父の執務室に入るとすぐに謝罪をする。執務室には父と母、なぜか弟たちもそこにいた。父は表情を変えることなく頷いただけだ。相変わらず父は興味なさそうに仕事をしながら私の話を聞くようだ。

「陛下は何とおっしゃられたんだ？」

「今回の襲撃事件でのお礼を言われました。そして褒美は何がいいかと」

「何にしたんだ？　領地か？　報奨金にしたのか？」

「いえ、王城で作られている菓子が食べたいと申し出ました」

「菓子、だと？」

父は手を止めて私を見る。まぁ、そうだろう。

「えぇ。菓子ですわ。王城のお菓子は普段口にできるものではありませんもの」

私がそう答えると、ジョナスは馬鹿にしたように大笑いした。

「あーははは。おかしい。姉上は馬鹿なの？　いや、馬鹿だよね？　褒美の意味も考えずに菓子が欲しいって言ったの？　これだから学がないのは困るんだよ！　目先の食べ物にしか興味がないんだ」

ジョナスもアレンも馬鹿にしたように笑っている。うるさいし面倒なので、私は魔法で2人の口を閉じてやったわ。

「領地や報奨金を貰えばそんなものいくつでも買えるだろう。ランドルフ殿下との婚約だって望めたはずだ」

父は苛立つように指で机を叩きながら言った。母はというと、憮然《ぶぜん》としながらも口を挟む気はないようだ。

「領地を望んでも私に利益はないでしょう？　この家を継ぐのはジョナスですから。報奨金だって家に入りますし、私には還元されないわ。まぁ、貰ったところで使い道はないですし。それに殿下と婚約ですか？　領地で過ごした私が王妃となるのですか？　学もないのに？　王宮に行くだけで倒れてしまう私を？　それこそ他の貴族は黙っていないでしょう。私は何も望んでいません。あぁ、自由を望めば良かったですわ。今度何かあればそう伝えるようにします」

「育ててもらった恩はないのか？」

「……病に倒れる私を突き放したのはお父様たちではありませんか。うるさい、面倒だと避けてきた。領地で生活していた私に一度でも会いに来てくれましたか？　弟たちもそう。血の繋がった実の姉弟だというのにこの言われよう。私は何か悪いことをしたのですか？　私は犯罪者か何かですか？」

私が反論するとは思っていなかったようで誰もがピタリと動きを止めた。

「3歳で領地に送られ、侍女が母親に代わり育ててくれなければ生きていけなかった。王都に戻ってこられたと思ったら弟たちからは馬鹿にされ、挙句に育ててもらった恩はないのか？　ビックリします。自分たちは私のことを放置しておいて、責める権利なんてありますか？　報奨金？　新たな領地？　馬鹿馬鹿しい。そんなもの与えてもらっても困るわ。王家は私を利用したいだけ。私の自由を奪いたい。自分たちの都合の良いように使いたい、ただそれだけ。それはお父様も同じ考えでしょう？　自分たちで捨てておいて使えそうだと思ったら言葉巧みに私を従わせるの？」

一度開いた口からとめどなく溢れる言葉。前の生でも私は家族に冷たく捨てられた。今回は幼いうちに捨てられたようなもの。理解はしていてもやはりどこかで自分は納得していなかったのだと思う。

静まり返った執務室。

その場の空気を変えようとしているのか母は話し始めた。

「……でも、王子様と結婚するのは令嬢にとって憧れでしょう？」

「どうして憧れなのですか？」

「だって、王族になれるし、ランドルフ殿下は聡明で素敵な方だと聞くわ？　憧れて当然じゃないのかしら？」

母はなぜ？　と聞き返した。

「私はずっと領地で平民と共に暮らしていたのですよ？　お茶会一つ参加していないのです。横の繋がりを作ってこなかった私が憧れだけで無理やり王妃になって貴族は付いてきてくれるとでも思っていますか？　むしろオズボーン家が笑われるだけではないでしょうか」

前の生で十分に理解しているわ。お茶会や舞踏会を通して人脈を広げていかなければ足元を掬《すく》われる世界だもの。その結果、彼はあの女を選んだ。私はあの女に負けたの。

「そ、それは、そうね……」

口を塞がれた弟たちは顔を真っ赤にしているけれど、父たちは大人な分、私の言い分を理解して言い返せないでいる。私は弟たちにかけた魔法を解いて立ち上がった。

「話はそれだけでしょうか。学院に入学させていただいたことは感謝しております。でも、それだけですわ」

「姉上はこの家の恥だ‼　お前なんか田舎育ちの似非貴族でしかないんだ！　そんな奴、俺が貴族籍を抜いてやる！」

魔法を解いて出た言葉がそれ……。

「はぁ、我が弟ながら出来が悪くて恥ずかしいわ。これが跡取りだと思うと伯爵家もジョナスで終わりね。まぁ、私には関係ないですが。まともに会話ができないのであればここにいる理由はないですし、私は寮へ戻ります。お父様、何かあれば連絡を」

「……分かった」

ジョナスもアレンもまだ中身は幼い。感情のままに貴族籍を抜くと言えるのは凄いわ。父はそのことを理解しているのだろうか。

「ユリアお嬢様、玄関までお見送りします」

「気を遣わせてしまってごめんなさいね」

「いえ、問題ありません。今度の王宮での舞踏会は出席されますか？」

「あー。そんなのがあったわね。参加しないかもしれないわ。今まで参加していないのだから今回も参加しなくてもいいんじゃないかしら？」

「ユリアお嬢様の活躍を知った他の家から参加するか聞かれているようです。不参加は難しいかもしれません」

「……面倒だわ。エスコート役もいないし、お父様が出ろと言うのであれば出るしかないわね」

「かしこまりました」

私は玄関ホールに着くとフードを被った。

「お嬢様、馬車をお使いください」

「今日は歩いて帰るわ。じゃあ、ね」

私は振り返ることなく邸を後にした。

4章　一難去って

そうだ、気晴らしに魔獣の討伐に行ってこようかしら。

私はすぐに寮に戻って準備をした後、ギルドに向かった。ギルドはいつもと変わらず賑やかだ。

なんだか今日はいっぱい狩りたい！　無性に狩りたいわ！

依頼板に貼り出されている魔獣討伐依頼を見る。確か私はこの間Cランクに上がったから倒せる魔獣は増えたはず。1枚の依頼書が私の目に入った。Dランクだけど複数人推奨、ね。討伐対象はギャーロゥ。ベナン村の奥に住処を作って増えているため全て退治してほしいという依頼。

ギャーロゥという魔獣は一見豚のように見えるのだけれど、長い触手が2本生えていて食事に使ったり敵を攻撃したりしている。ギャーロゥは大きく丸いため、動きが遅く触手にさえ気を付けていれば問題ない。ただ、奴等は群れで行動し、繁殖力が強いため数は多く、複数人推奨になっている。私はその紙を取り、受付へと持っていった。

「ユゲール様、この依頼は複数人推奨ですが大丈夫ですか？」

「あぁ、魔法で倒すから問題ない」

「かしこまりました。無理はしないようお願いします」

「あと、この依頼も受ける」

「これも複数人推奨ですが大丈夫ですか？」

「問題ない」

「難しい場合はすぐに撤退や救援要請をお願いします」

ベナン村周辺に出ている他の依頼もついでに受注する。受付の人は心配そうにしていたけれど、私は気にせずさっさとギルドを出て乗り合い馬車に乗った。

半日を過ぎた頃、ようやくベナン村に到着し、村長に挨拶をした後、依頼のある場所に向かう。あまりゆっくりしていると夜が来るわ。

村長は心配していたけれど問題なし。森の奥にズンズンと歩いていく。村人がこの奥の洞窟に生えている薬草を採るため道はしっかりとある。その途中にギャーロゥの巣があるらしい。

いたいた！　ギャーロゥの群れ。数にして２００はいるだろうか。私は剣を抜いて戦闘開始する。心のモヤモヤをかき消すように一心不乱に駆け回りながら斬りつけていく。

「はぁ、終わった！　すっきりしたわ！」

返り血を浴びながらも気にすることなく斬り続けるのは楽しい。私ってやっぱり戦闘狂かもしれないわ。ちょっと自分に引きながらも村長の元へ引き返す。

「村長、終わりました。確認をお願いします」

「！　あぁ、今行く。それより、怪我していないか？」

「これは全部ギャーロゥの返り血ですから。私は怪我一つしていませんよ」

村長は青い顔をしながら私と一緒にギャーロゥの巣に向かった。

「……凄まじいな」

「確認してもらえましたね？」

ギャーロゥの死体が至る所に転がっているのを見て村長は驚き、顔を引きつらせていた。私は確認してもらえたので風魔法で死体をまとめた後、火魔法でギャーロゥを全て焼いた。

「全て焼いたので肥料として使ってください」

「……あぁ。これを一人で討伐するなんて。君は凄いな。他の依頼も取ったのだろう？　今日は休んで明日からもよろしく頼む」

「分かりました」

私は宿に戻り、返り血を綺麗にした後、ベッドでゴロリと横になる。モヤモヤも晴れてすっきりした気分だ。依頼は明日で完了できる量だし、もう少し依頼を取っておけば良かったと後悔する。

翌朝、朝食を摂った後、魔獣を順調に退治していく。

あぁ、やっぱり私にはこれが合うのかもしれない。貴族令嬢は自分に合っていないんじゃないかって思っていたのよね！　私は楽しくなり笑顔で魔獣を狩っていく。王都に戻ったらパロン先生に相談してみよう！　そうして依頼をこなした後、乗り合い馬車に乗って王都に戻った。

「パロン先生！　ただいま！」

「ユナ、お帰り。昨日はどこへ行っていたんだ？」

「久々に家に戻ったらイライラしちゃって、ベナン村でギャーロウ２００匹倒してきたの」

「……相変わらずお転婆なお嬢様だ。怪我はしなかったかい？」

「全く問題なかったです。全部剣で切っちゃいました！　今回も怪我一つしなかったですよ。やっぱり私は冒険者になるべきなんじゃないかって思っているんですよね！」

「グレアムやエメは心配だろう」

「大丈夫！　私、強いですから！」

「学院卒業後に冒険者になろうと思っているのかな？」

「えぇ。一応は卒業しておこうかと思いますが、昨日、家に帰った時、弟が伯爵を継いだら私を貴族籍から抜くって怒っていたんですよね。父や母が止めに入る様子もなかったし。もしかしたら貴族籍を抜く前に私はどこかの貴族に売られるように嫁がされるかもしれませんね。そうしたら全力で逃げますけどね！」

「勉強ができるうちは頑張れるだけ頑張りなさい」

「もちろんです！　今の間にいっぱい魔法を覚えます」

そう、学院に入ってジャンニーノ先生から魔法を教えてもらううちに気づいたけれど、私はほぼ詠唱をしない。これは夢見の魔法の影響が顕著に出ているわ。常に何十もの敵に囲まれて剣と魔法で戦い続けてきたから詠唱をしている時間はなかったのだ。

私はパロン先生と少しお話をした後、エメの家に寄ってから寮に戻った。

そこから数日は穏やかに過ぎていったと思う。ギルドへ行って数日かけて魔獣を討伐したり、診療所やエメの家のお手伝いをしたり。伯爵家から手紙も来なかったのよね。そうして過ごしてきたのに、とうとうやってきた父からの連絡。

『来週の舞踏会には参加するように。ドレス一式を用意してある。エスコート役はジャンニーノ・チスタリティ子爵令息に頼んであるから大丈夫だ。舞踏会の前日には我が家に来るように』

……なぜ、ジャンニーノ先生？

いや、確かに釣書を送ったと先生は言っていたけれど、先生はその日、仕事ではないのだろうか？

私は疑問に思い、伝言魔法を飛ばした。

『ジャンニーノ先生、来週の舞踏会は先生が私のエスコート役だと父が言っていたのですが、本当ですか？』

『そうですね。伯爵家から直接私に連絡が来ましたよ。というか、音がしますが、ユリア様は今何をしているんですか？』

『？　私ですか？　今魔獣を討伐している最中です』

『魔獣!?　大丈夫なのですか!?』

『え？　いつものことなので大丈夫です。むしろおとなしくしているより魔獣と戦っていた方がスカッとして楽しいですよ！』

そう返事をした時、目の前に魔法円が浮かび上がり、ジャンニーノ先生が少し怒った様子で現れた。

「ジャンニーノ先生??」

私は剣で魔獣の群れを斬りつけている。ジャンニーノ先生が現れた瞬間、魔獣は先生に襲いかかったがそこは王宮魔法使い筆頭。あっさりと風の刃で真っ二つにしてしまった。

「さすが先生！」

「……ユリア様。油断は禁物です。さっさと倒してしまいましょう」

「はい」

私は目の前にいる魔獣の群れに集中し、斬り始める。残りは10体ほど。ランクはCランクパーティ推奨の敵。今回も50体近くを相手に戦っていたの。やっぱり体を動かすのはいいわ！　特に剣の戦いは嫌なことを全て忘れさせてくれるもの。魔法も得意だけれど、今は剣で倒したい気分だったの。

ジャンニーノ先生はヒョイと木の上に乗り、私の邪魔をしないように上から魔法で魔獣を倒していく。

30分もかからないうちに全て倒してしまった。やはり2人だと討伐するのも早いわ。私は返り血を魔法で綺麗にした後、魔獣を風魔法で集めて縄を掛けていった。

今回は素材が高く取引されている魔獣なので、買い取ってもらうために全て持ち帰るの。

「お待たせしました！」

「……ユリア様はいつもこんなことを？」

「えぇ。そうですね。趣味でやっています」

「趣味、ですか」

「魔獣を倒すのは楽しいし、将来は冒険者として生きていこうかと最近考えているんです」

「冒険者？」

「えぇ。将来伯爵家を継ぐ弟から私の籍を抜くと言われています。平民になれば手に職がないと女一人生きていくのは大変でしょう？　ですからこうして社会勉強をしているのです」

「伯爵は反対しないのですか？」

「ええ。反対はしていませんでしたね。彼らは私を疎ましく思っていますから。いなくなれば逆に喜ぶんじゃないかしら？　あぁ、案外父のことだからどこか手ごろな所に嫁がせた方が良いと思っているかもしれませんね」

私はそう言いながら倒した魔獣を風魔法で浮かせて歩き始める。ジャンニーノ先生はその後からついてくる。

「その頭蓋骨はなぜつけているのです？」

「あぁ、これですか？　これは自衛のためです。ローブも着ているので男女の区別がつきにくいでしょう？　仮面を被っている人も多いですし、周りは何も言いませんね」

「……そうなんですね」

「ジャンニーノ先生はギルドに登録していないのですか？」

「私はギルドへ行ったことはないですね。学院在学中から王宮に呼ばれて仕事をしていましたから」

「さすがジャンニーノ先生！」

そうして王都の入り口にある魔獣引き取り場へ狩った魔獣を持っていった。

「依頼完了しました」

「ギルドカードの提示をお願いします。……では魔獣の確認をしますね。全てこちらでの買い取りでいいですか？」

「お願いします」

私と受付の人とのやり取りをジャンニーノ先生は黙って見ている。

「相変わらず素晴らしいですね。多少、色を付けておきました」

「ありがとう」

「次回でBランクに上がりそうですね。頑張ってください」

「ありがとう」

私はお金の入った小袋を貰い、そのまま雑踏の中に入っていった。

「先ほど買い取られた魔獣ですが、あれはいつもここで買い取ってもらっているのですか？」

「えぇ、あそこにギルドの討伐依頼があった魔獣を倒して持ち込んでいるんです。依頼が素材の場合はまた別ですが、基本的に討伐の場合は依頼の数だけ倒して、倒した後の魔獣は倒した人が好きにしていいんですよ」

「色を付けたと言っていましたが、あれはどういうことなんですか？」

「魔獣の倒し方によって買い取りの値段が変わるんです。毛皮が取れる魔獣は傷が少ない方がいいし、食肉になるような魔獣は血抜きを行ってから持ち込むと買い取りの値段が高くなります」

「そうなんですね。買い取りで得たお金は？」

「もちろん貯めていますよ。将来一人で生きていくためには今から貯めておかないと！　何があるか分かりませんから」

「堅実ですね」

先生の言葉にクスリと笑う。

「そうそう、来週の舞踏会。先生は仕事じゃないのですか？」

「仕事といえば仕事ですが、私がいなくても問題ないですよ。それに舞踏会に参加していれば何かあっても対処可能ですし、問題ありません」

「それもそうですね。先生、寮まで送っていただきありがとうございました」

「……あまり無理はしないように」

「もちろんです！　ではまた来週」

先生は私を送った後、そのままシュンッと王宮の方へ飛んでいった。さすが先生、帰り方もスマートだ。部屋に戻った後、私はいつものように魔法の勉強をして眠りについた。

ギルドに一人で行った時は不安だったけれど、今ではストレス解消とさえ思えるの。夢の中でずっと戦っていた頃の感覚がかちりと嵌《はま》ってきたようで剣を扱うことも問題ない。必死に戦っていたから剣で魔獣を切った時に魔法を打ち込んだりもしていたわ。

目覚めてから実際に剣を持つと重くて扱いきれないこともあったけれど、体の成長と共にそのずれは解消されていく気がする。

そうして迎えた舞踏会の前日。

私は盛大な溜息をこぼしながら邸に戻った。弟たちは相変わらず私に嫌味を言うかと思ったけれど、黙っていた。睨んではいたが。口を開こうとして私に口を縫われたのが堪えたのかしら？　私は父の執務室に向かった。

「明日の舞踏会のため戻りました」

「あぁ。お帰り。ジャンニーノ・チスタリティ子爵令息には私の方から連絡しておいた。明日はエスコートしてもらうように」

「お父様」

「なんだ？」

「ジャンニーノ先生にエスコート役を頼むということは、婚約者と発表したようなものではないですか？　まだ婚約はしていないと思うのですが……」

「ジャンニーノ君なら婚約者として問題ないだろう。相手は貧乏子爵家とはいえ貴族だ。平民とは違う。それに彼は王宮魔法使い筆頭だ。何も問題ない」

「……それならよいのですが」

父はどうしたのだろう？　王宮魔法使いの伝手《つて》ができたことを喜んでいるのだろうか。不思議に思いながら執事と一緒に客間へ向かおうとすると、廊下の途中で止められた。

「お嬢様のお部屋はこちらにございます」

「あら、私の部屋なんてなかったのに。どうしたの？」

そう言うと、執事は微笑みながら答えた。

「この間のユリアお嬢様とジョナス坊ちゃんのやり取りを見て旦那様なりに不安を覚えたようです。あの日以降、ジョナス坊ちゃんとアレン坊ちゃんの教育係を新しくし、再教育を行っているのです。部屋についてもユリアお嬢様に婚約者ができましたから、体面を保つためにも用意されたのかもしれません」

案内された私の部屋。簡素ながらも私の部屋が作られていた。そして過去の生で使っていたものと似たような机が窓際に置かれている。あの時も父が勉強を頑張りなさいと言って、机が部屋に運び込まれていた。

もう、ここで勉強に励むことはないけれど、少ししんみりとした気持ちになる。

「お嬢様、夕食は家族で摂りますか？」

「そうね、どちらでもいいわ。弟たちが嫌がるようなら部屋に持ってきてちょうだい」

「かしこまりました」

部屋に戻り、ベッドに寝転がっていると侍女長がドレスを持ってやってきた。どうやら最終調整をするらしい。そこからはコルセットで締められ、遠い目をしながらドレスの微調整に付き合うことになった。……貴族はこれだから面倒なのよね。

それこそ昔は嬉々として衣装合わせをしていたわ。着飾ることは嫌いじゃなかったもの。でも平民の服の楽さを知ってからはドレスは面倒でしかない。

「お嬢様、夕食の時間になりました。どうぞ食堂へ」

「あら、弟たちは文句を言わなかったのね」

「お嬢様。分かっていると思いますが、ジョナス坊ちゃんたちを煽らないようお願いしますね」

「えぇ、もちろん分かっているわ」

私が食堂へ着くと既にみんなが座っていたわ。

「遅くなりました」

「あぁ。では食べるとしよう」

私は出された料理を食べ始めた。弟たちはこっちを見ながら食べている。

「さっきからずっと見ているけれど、顔に何か付いているのかしら？」

「なぜだ？　なぜ、姉上は田舎暮らしだったのに食事のマナーが完璧なんだ？」

「……私にはエメが付いていたからよ。エメはマナーにうるさかったわ」

エメによる教育だけでなく。前の生での王妃教育のおかげでもある。

「俺もエメのような侍女が付いていれば教師に叱られないのか？」

「……それは無理よ。どれだけ優秀な教師が付いていようとも本人が努力しない限り直らないわ。

どうせわがままを言って厳しい教師を辞めさせていたんじゃない？　新しい先生の教えに従うしかないわ」

私がそう言うと、グッと黙ってしまった。どうやら図星だったようだ。私への話し方を見ると日頃からみんなにああやって尊大に接して嫌われているのでしょうね。

今更勉強をし直す？　無理じゃないかしら。自分自身が今までのわがままさを理解して相当努力しないといけないと思う。

でも、考えてみれば不思議よね。前の生ではジョナスたちはあの女に会うまでは偉そうな態度を取っていなかったわ。それに父もそこまで私を邪険にはしていなかった。平民用の牢に入れられた時、あっさりと私を捨てたけれど。

私という存在がジョナスたちに影響していたのなら、これが本来のジョナスなの、かしら？　まぁ、気づいて今から直せるのであればそれで文句を言うこともないわよね。

「ユリア、明日の舞踏会のドレス一式はチスタリティ子爵令息が贈ってくださったのよ？　あとでお礼を言わないとね」

「明日ジャンニーノ先生にお礼を言いますわ」

「明日の舞踏会は家族で出席する。分かったな」

「はい。お父様」

重い空気の食事。これなら部屋で食べていた方が気楽だわ。心の中で嘆きつつ、食事を終えて部屋に戻った。

翌日、朝から侍女たちは汗をかきながら私にドレスを着せ、髪の毛を整えて化粧を施していく。久々に鏡に映った自分の姿を見て過去を思い出した。

「お嬢様、顔色が悪いです。少し休まれますか？」

「いいえ。結構よ。そろそろ時間でしょう？」

侍女は果実水を渡してくれる。あの時とは違うわ。大丈夫。そう自分に言い聞かせて立ち上がり、玄関へ向かった。

「お待たせしました」

どうやら私が最後だったようだ。

「ユリア様、とても美しい。エスコート役に選んでくれたことを幸せに思います」

「ふふっ。ジャンニーノ先生、今日はよろしくお願いしますね」

「ユリア、良く似合っている」

父が珍しく褒めている。

「お父様、ありがとうございます」

ジョナスたちは私に口を縫われたくないのか２人とも黙っていた。母はジャンニーノ先生に褒められて上機嫌のようだ。

馬車は４人乗りなので私とジャンニーノ先生は２台目に乗り込んだ。もちろん２人きりではなく、父の従者が付いている。

「ユリア様、今日はユリア様に挨拶したい人たちが大勢いるでしょうから気を付けてくださいね」

「えぇ、もちろんです。ジャンニーノ先生から離れないようにしますね。そういえば先生、昨日寝る前に魔法の構築方法の勉強をしていたのですが……」

「それは右から魔力を操作した時に……」

先生は私の疑問にさらりと答えてくれる。さすが先生ね。

魔法談義に花を咲かせているうちに王宮に到着した。話し足りなかったので少し不満が残ってしまったわ。馬車から降りて父たちと合流し、会場に入ると既にたくさんの人で溢れている。年に一度の王宮の舞踏会ということもあって、会場は大勢の人で活気に満ち溢れていた。

この舞踏会は年に一度、１週間かけて開催されるの。１週間の間に国中の貴族が王宮へ訪れることになっているわ。

今日は初日ということもあって混雑している。私は父たちの後に続いて歩いて陛下の元へと挨拶に行く。高位貴族たちからの挨拶は既に始まっていて慌てて列に並んだ。

「ラーガンド王国の太陽であらせられるヨゼフ国王陛下の臣下としてこの舞踏会に参加できたことを誇りに思います」

「オズボーン伯爵、よく来た。今回のユリア嬢の活躍、とても素晴らしいものであった。ユリア嬢は欲がないのだな。私としては寂しい限りだ。して、ユリア嬢のエスコート役はチスタリティ子爵令息か。彼も我が国が誇る優秀な魔法使い。伯爵は彼をユリア嬢の婚約者にしたのか？　我が息子が残念がるな。ハハハッ。舞踏会を楽しまれよ」

陛下が父にそう話すと、従者にすぐに次の方、と言われてしまった。父がちくりと釘を刺された感じね。

挨拶が終わった後、父と母はあっさりと私たちを残して他の貴族への挨拶回りを始めた。

「いいか、姉上は黙って壁にいろ。これ以上我が家の足を引っ張るなよ。いいな」

「足を引っ張る、ねぇ。２人とも騒ぎを起こして私を困らせないでちょうだいね」

弟２人は顔を真っ赤にして反論しようとしていたけれど、公衆の面前で兄弟喧嘩をするのはまずいと２人とも気づいたようだ。２人は文句を言いながらその場を去っていった。

「家族があれでは先が思いやられるね」

「……えぇ。全くもってその通りです」

「ユリア様、踊りませんか？」

「ジャンニーノ先生は踊れるのですか？」

「一応、貴族の端くれですし、筆頭になってからお誘いは多くあるので。あぁ、それからこの場では『先生』は駄目ですよ」

「ジャンニーノ様、よろしくお願いします」

ダンスしている人たちの中に入って礼をした後、２人でダンスを始める。まだ成長しきっていない分、本来であれば身長差があって先生とのダンスは動きづらいはずだ。けれど、先生は私に合わせて踊ってくれているのでとても踊りやすいわ。

「ジャンニーノ様、お上手なんですね」

「ユリア様も上手ですよ。社交の場に出るのは苦手ですが、こうしてユリア様と踊るのならもう少し出ても良さそうだ。でも、どちらかと言えば魔法談義を楽しんでいたい」

「ふふっ。ジャンニーノ様らしいですね。私も魔法の話をしている方が楽しいです」

私たちはダンスを踊った後、先生のエスコートでバルコニーに出た。ダンスホールは熱気に包まれているため、ダンス後はこうしてバルコニーに涼みにくる人は多い。

「ジャンニーノ様、それにしても今日の舞踏会はよく開催されましたね。犯人がまだ捕まっていないというのに」

「そうですね。この舞踏会で問題が起きないようにしているとはいえ、誰もが不安でしょう」

煌々と魔法灯で照らされているダンスホール。その賑やかさがバルコニーにも心地よく聞こえてくる。私たちが雑談をしていると、女性たちが近づいてきた。私を陥れた女、ヴェーラ・ヴェネジクト侯爵令嬢がその赤い髪を撫でつけながら私の正面に立つ。

憎い、憎い。許せない。瞬時に泡立つ魔力をぐっと抑えつけ礼を執る。

後ろにいる令嬢たちはクラーラ・ブレンスト公爵令嬢、コリーン・レイン侯爵令嬢、アメリア・ハイゼン伯爵令嬢の３人と彼女たちの取り巻きだ。

「貴女がユリア・オズボーン伯爵令嬢かしら？」

「……そうです。何かご用でしょうか？」

代表したようにアメリア嬢が扇子《せんす》であおぎながら聞いてきた。

「貴女、ランドルフ殿下を誘惑するのをやめてくださらない？」

「私は誘惑などしておりません」

クラーラ嬢も少し苛立ったように間に割って入る。

「あら？　気づかないとでも？　殿下はいつも貴女のことを気にしているわ。側近たちもあの手この手を使って貴女を殿下に会わせようとしているもの」

「殿下が気にされようとも私はランドルフ殿下に興味がありませんし、この通り、私には婚約者がいます。ヴェネジクト様たちの勘違いだと思いますわ」

「婚約者？　王宮魔法使い筆頭様、が？」

ヴェーラ嬢が不審に思いながらも確認するように聞いてきた。

「えぇ。先日の王宮襲撃事件の場に貴女もいたでしょう？　私はあの時、戦うユリア嬢に感銘を受けましてね。伯爵に直接お願いして婚約者になったのですよ」

ヴェーラ嬢はまだ眉間に皺《しわ》を寄せ怪しむように見ているが、ジャンニーノ先生は私の腰に手を回し、抱きよせチークキスをした後、ヴェーラ嬢に視線を向けた。令嬢たちがキャッと声を上げる。

「破廉恥《はれんち》でしてよ。よりにもよってこのようなところで」

「私は見ての通り、婚約者を大切にしているだけです。たとえ殿下でも彼女を渡すつもりはないですよ。ランドルフ殿下もそろそろ本気で婚約者を選ばねばなりませんね。殿下がいつまでもフラフラしているからこうしてユリアに迷惑がかかるんですよ？」

ジャンニーノ先生が視線を向けた先にはランドルフ殿下が立っていた。私たちは慌てて一斉に殿下に礼を執る。

「あぁ、楽にしてくれ」

殿下の一言で皆元に戻った。

「ヴェーラ嬢たちはどうしてユリア嬢とジャンニーノを取り囲んでいるのかな？」

「そ、それは……。私たちがユリアさんに色々と教えてあげていただけですわ」

「ユリア嬢は優秀な魔法使いだと君たちも知っているよね？　あの時、彼女が結界を張らなければ我々はみんな死んでいたかもしれない。彼女に感謝するべきじゃないのかな？」

「そんなことはないですわ！　私も高い魔力を持っています！　あの時、彼女がいなければ私が殿下を守っていたわ！」

ヴェーラ嬢は必死に殿下に食ってかかるけれど、クラーラ嬢以外の令嬢の顔色は悪い。クラーラ嬢以外あの場にいたからこそ理解しているようだ。

「それに、ランドルフ殿下がいつまで経っても婚約者を決めてくださらないからこんなことになるのですわ！」

ランドルフ殿下は顔色を変えることなく令嬢たちの言葉に応える。

「……そうか。私はユリア嬢を婚約者に望んだが、ユリア嬢は病気を理由に婚約者にならなかった。だが、私は今もこうして望んでいる。だから私には婚約者がいないんだよ」

「そんなっ。でも、ユリアさんには婚約者がおりますわ！」

4人はキッと私を睨みつけ、扇子を握りしめている。

「あぁ、そうだね。でもまだ正式には決まっていないと聞いている。私は……まだ」

ランドルフ殿下が辛そうな表情になったと思った時、

「……い。……さない」

アメリア・ハイゼン伯爵令嬢の魔力が一気に体から放出され、私は瞬時に身構えた。

「アメリアさん？」

横にいた3人や後ろの取り巻きたちもさすがに異変を感じ取ったようで、彼女から一歩離れ、彼女に視線を向けている。

「許さないわ！　私が王妃になるのよ！」

アメリア嬢はそう言いながら、一瞬戸惑うようにしながらも首に付けていた宝石を握りしめて、詠唱しながらそこに魔力を流し込み始めた。取り巻きの令嬢たちは状況を理解できず、動けないでいる。

「ユリア！　危ないっ！　逃げて、君だけは」

ランドルフ殿下が叫び、私の前に出ようとする。

「殿下！　下がってください！　側近たちは直ちに殿下を守りながら後退しろ‼」

ジャンニーノ先生はそう叫ぶと同時にアメリア嬢を魔法拘束しようとするが、弾かれてしまう。

彼女の魔力は石に吸い込まれて止まる気配がない。取り巻きの令嬢たちは先生の声で恐怖が限界に達したのか、叫びながらホールの中に逃げていく。

ヴェーラ・ヴェネジクト侯爵令嬢、クラーラ・ブレンスト公爵令嬢、コリーン・レイン侯爵令嬢は悲鳴を上げながら殿下の側に張り付いた。

「殿下を守るんだ。下がれ！」

護衛たちの怒号が聞こえる。令嬢たちは殿下と共に護衛に囲まれ、下がり始めた。

「ユリア！　ユリア!!　危険だ！　早くこっちへ！」

ランドルフ殿下は何度も叫ぶが、護衛と令嬢たちに引っぱられながら遠ざかっていく。

……あの女が、一瞬ニタリと笑い去っていく。

それを見た瞬間に私の憎悪が魔力と共に爆発した。

「先生、離れて！　アメリア嬢はもう駄目です」

私は風刃で彼女の首を落とそうとするけれど、やはり風刃はバチンッと弾かれてしまった。

「チッ」

この状況で舌打ちをしてしまったのは仕方がない。その間にも彼女は大きな魔獣に変化していく。

私とジャンニーノ先生は否応なくそのまま戦闘態勢に入った。

「彼女は上位貴族特有の豊富な魔力を持っていますし、耐性も高いので厄介ですわ」

「本当に。厄介な魔獣に変化したもんだ」

「今日に限って帯剣していないのが残念で仕方がないです」

「……」

魔力の暴走に伴って魔獣に変化した人間。一度魔獣に変化したらもう元には戻れない。もちろんこれは禁術だ。魔力を用いての変身のため、魔獣の魔法耐性はかなり高い。私たちにとっては分《ぶ》が悪い。

ギラリと私に焦点を合わせ攻撃してくる魔獣。私は躱しながら駆けつけた騎士の予備剣を「借りるわ」と取った。自分の剣に比べると重いけれど、文句は言っていられない。指で剣の中央部をなぞりながら魔法をかけ、グルルルとよだれを垂らしながら襲ってくる魔獣を高く跳んで躱し、そのまま剣で魔獣を斬りつけた。

グギャー！

魔獣は叫び、血を流す。どうやらこの方法が一番良いようだわ。

私は先ほどと同じように魔法を剣に纏わせ斬りつける。続々と駆けつけてくる騎士を横目に、私は斬りつけては魔法をかけ、また斬りつけることを繰り返している。

ジャンニーノ先生は私をサポートする側に回り、魔法をかける間、魔獣の足止めをしてくれている。魔法をかけているとはいえ、やはり一度で大きなダメージを与えるのは難しい。

「離れろ！」

その声を聞いて私が後ろに飛びのいた瞬間、上から剣が降ってきた。と、同時にゴロンと魔獣の首が転がっていく。

……凄い。

首を斬られた魔獣はバタリと倒れ、血だまりができはじめる。令嬢だった魔獣を一刀両断にしたのは騎士団総団長のブロル・ウエルタという男だ。彼は代々団長を務めるウエルタ家出身で30代にしてこの国の騎士たちを纏め上げる人物。人柄も実力もトップクラスで、爵位も侯爵と誰もが羨む人である。

「お前たち、すぐにこの魔獣を回収しろ！　ここは封鎖し、陛下に報告する」

ブロル総団長は的確に指示を出していく。

「ジャンニーノ殿、連絡をありがとう。おかげですぐに駆けつけてこられた。そしてユリア・オズボーン伯爵令嬢ですね。この場を犠牲者なく収められたのは貴女のおかげです」

「いいえ、私がしゃしゃり出てしまい申し訳ありません。やはり本業の方には敵わないですね」

私は剣を綺麗にした後、借りた騎士に返した。

「魔獣相手にあれだけダメージを与えられるのは騎士でもごく一部ですよ。十分に強い」

「そう言ってもらえると嬉しいですわ」

「貴女の剣筋はあまり見たことがないですね。どこの家のものか聞いても？」

「独学ですわ」

「……独学なのですか？」

「ええ。ほぼ独学ですの。昔、護衛が戦っているところを見て私もやってみたいな、と。でも、私は魔法の方が得意で剣を使うことは少ないため、見られていたと思うと恥ずかしい限りですわ」

嘘は言っていない。総団長は怪しんでいるかもしれないけれど、これ以上聞かれても答えようがないのも事実。夢で訓練してましたーなんて言える訳もないわ。

「せっかくの舞踏会でしたのに、騒がせてしまって申し訳ありませんわ。舞踏会は続くのでしょうか？」

「……陛下の判断ではあると思いますが、国の威信をかけておりますのでこのまま続行するかと。オズボーン伯爵令嬢、どうぞ王宮に予備のドレスを用意しておりますのでお着替えください」

「いえ、結構ですわ。ね？　ジャンニーノ先生」

「先生は余計ですよ？　……これで綺麗になりましたね。これ以上ここにいても私たちは迷惑になるでしょうから先に帰りましょうか」

ジャンニーノ先生は血まみれになっている私に浄化の魔法をかけて綺麗さっぱり元通りにしてくれた。自分の服にも忘れずにかけている。

「いやいや、筆頭ともあろう方がこの場を放置して帰る？　ないない。筆頭殿、詳しくお話を聞きたいのですが？」

ホールに戻ろうとした私たちの前にブロル総団長は笑顔で立ちはだかった。

「生憎と私は休日でね。婚約者が危険な目に遭ったんだ。帰ってもいいんじゃないかな？」

「ではオズボーン伯爵令嬢を邸まで送り届けたら王宮へすぐお戻りください」

「……はぁ。分かったよ」

先生もブロル総団長には頭が上がらないらしい。

「では、のちほど」

私が先生のエスコートでホールに戻るとホールは騒然となっていたけれど、ダンスホールの中央に陛下が立って「庭に現れた魔獣は騎士によって討伐された。引き続き舞踏会を楽しんでほしい」と言うと再び音楽が奏でられ始めた。

陛下の言葉と再開された音楽により、動揺していた貴族たちも少しずつ落ち着きを取り戻し、ダンスを始めている。周りを見渡しても先ほどバルコニーにいた3人と取り巻き令嬢たちはいなかったので、ランドルフ殿下と共に別室へ連れていかれたのだろう。

「ジャンニーノ先生、あの場で収められて良かったですね」

「先生ではないよ。ユリア様の魔獣の討伐をこの間見たけれど、さっきの魔獣も私が手を貸さなくても難なく倒せそうだった。君は、どこまで強いんだ？」

「さぁ？　自分でもどこまでの魔獣を倒せるのか分からないです。目覚める直前はドラゴンやその他の魔獣が何十、何百と囲んでいる中で戦っていました。そう思えば、さっきの魔獣はまだ可愛いですね」

私がフフッと笑うと、ジャンニーノ先生は呆れたような表情をしていた。貴族たちへの挨拶を終えたのかワイングラスを手に持っている父たちを見つけた私は、父に話しかけた。

「お父様！」

「もしかして、先ほどの騒ぎを収めたのはジャンニーノ君、か？」

「えぇ、まぁ、そうですわ。私はこの通り、魔獣の攻撃でドレスが所々傷んでしまったので、この場に残りダンスをするのは難しいですわ。私たちは一足先に帰らせていただきますね」

父は顔を引きつらせながらも、なんとか言葉を返す。

「あ、あぁ。それならば仕方がない。ジャンニーノ君、申し訳ないが娘をよろしく頼む」

「伯爵、もちろんです」

父に帰ることを伝えたし、もうここに用はないわ。私たちは伯爵家の馬車に乗り込み先に邸に戻った。


「ジャンニーノ様、今日はありがとうございました」

「ユリア様、明日からは？」

「王宮から呼び出しが来そうなので明日の朝には王都を発って、登校日前日まではのびのびと遊びに行こうかと思っていますわ」

「それはいいですね。学院が始まる頃にまた呼び出されるかもしれませんが」

1週間後には学院が始まる。それまではなーんにも考えずにゆっくり羽根を伸ばしたい。私は先生と別れた後、すぐに部屋に戻ってドレスを脱いだ。

「今日はこのまま寮に戻るわ。お父様に伝えておいてね。あと、来週の学院が始まるまでは王都から離れてバカンスを楽しんでいるから連絡を寄越さないでちょうだい」

「かしこまりました」

私はいつもの服装でそのまま寮に戻った。舞踏会は深夜まで行われるので、王都を出るなら今のうちだ。夜は視界が悪いので、魔獣と遭遇することは避けたいけれど、ノロノロと過ごして王宮から再び呼び出されるのはもっと避けたい。帯剣し、いつものように魔獣の頭蓋骨を被り、フードを被って、認識阻害の魔法をかけてからそのままギルドに向かう。昼夜問わず魔獣の襲撃はあるのでギルドは24時間営業なのだ。


この時間は隣の酒場で飲んでいる冒険者も多いので受付は静かだ。私は王都から離れた街の依頼を数枚取って受付に出す。

「ユゲール様、お疲れ様です。Cランクの魔獣討伐ですね。受注しました。今の時間からの討伐は危険ですので明日の朝に動かれた方がいいですよ」

「ああ、そうだね。忠告ありがとう」

私はそのまま歩いて王都を出る。残念ながらこの時間は馬車がないからね。街道沿いをそっと飛んでいる。夜は目撃者も少ないし、この方法が一番安全なのよね。一直線に街に向かって飛ぶのが一番早いけれど、魔力が尽きて落ちたところが魔獣の巣だったら目も当てられない。

やっと王都から出られた！

私は上機嫌で鼻歌交じりに飛ぶ。目的の街まではまだ距離がある。目的地まで一気に飛んでいけそうな気もするけれど、今日は魔獣と戦って疲れているし魔法も使ったからね。王都から一番近い村には難なく到着し、この分なら問題なさそうなのでそのまま次の街まで飛ぶことにした。

夜の暗闇を飛びながら、私は改めて先生のことを考える。

ジャンニーノ先生が私の婚約者？

あれって本当の話だったの？

先生と魔法談義をするのは楽しいけれど、今はまだこうして好きなことをしたいって欲があるの。これって前回の生の反動かしら？　貴族令嬢は家の所有物という意識。平民の労働階級も同じような感じだと思う。平民にとって子供は働き手。貴族にとっては家を繁栄させるための道具。子供側もそれを理解しているからこそ文句も出ない。

理不尽だと思うけれど、仕方がないって諦めちゃうのよね。他に生きていく手段がないから。

でも、私はながーい人生の間、一人で生きていく手段を確保できた。窮屈な世界とは今すぐにでもおさらばしたい。でも学院はなるべくなら卒業したい。せっかく仲良くなってきたクラスメイトたちと話をしたり、街でお茶したり、楽しい時間をもっと過ごしていたいの。今の状況から見て私は特に重要人物ではないし、卒業と同時に消えても問題なさそうよね。星空の下を飛びながら鼻歌交じりに、私の妄想はどこまでも膨らんでいった。

朝日が見えかけた頃、ようやく次の街に到着したわ。

門番にギルド証を見せた後、街に入って目的の街までの馬車を探す。

「この馬車はケルンの街行きかな？」

「あぁそうだよ。けど、出発は2時間後だ」

「そうか。なら少し早いが、中で待たせてもらうがいいか？」

「構わんよ」

私は乗車賃を渡して馬車に乗り込み、そのまま奥に座り眠りについた。

この街は何度か来ているので不安はない。小さな街で王都に比べて何十倍も治安がいいのだ。御者は不愛想だけれど、私がよそ者だから仕方がないわ。一晩飛び続けていたせいか馬車が揺れていることにも気づかずぐっすり眠りこけていたらしい。

「お客さん、起きな。着いたぞ」

「あぁ、すまない」

私はお礼を言って馬車を降りた。すっかり寝てしまった。寝たおかげで魔力もかなり回復しているし、このまま魔獣討伐をしても問題ないわ。

私は依頼者の元を訪れて詳しい話を聞いた後、討伐に向かった。

昨日の魔獣はなかなか手強かったわ。前回の生の時は王宮に魔獣が出ることはなかったのよね。お茶会の時もそう。私が変わったせいで悪い方向に向かっているのかしら。あの時、あの女はニヤリと笑っていた。あの女にも記憶があるのかしら？

それならもっと上手く立ち回るはずよね。分かるのは前も今もランドルフ殿下に執着しているということ。邪魔者は排除したい。とすれば、残りの2人も標的にされてもおかしくない。ジャンニーノ先生に伝えておけば良かったかもしれない。

Cランクの魔獣5体を倒している最中、父から伝言魔法が届いた。

『ユリア、今どこにいるんだ？』

『あら、お父様。おはようございます。今はケルンの街から出たところです』

『はぁ？　ケルン⁇　邸にいないと思ったら……。早く帰ってきなさい』

『無理ですわ。今週いっぱい旅行を楽しむので帰れません。すぐに帰れる距離じゃないことはお分かりでしょう？』

『……王宮からの呼び出しだ。すぐに帰ってきなさい』

『何度言っても無理なものは無理ですわ。私は学生ですから転移魔法は使えないですし、ジャンニーノ先生でも2人で帰るには距離がありますもの』

だからわざわざ遠い所まで夜通し飛んできたのだ。

『……仕方がない。王宮には知らせを出しておく。王都に戻り次第すぐ家に戻りなさい』

『分かりました。早めに帰れるように頑張りますわ』

そう言って会話を終わらせた私。もちろん言われたからといってすぐに帰る気はない。学院が始まるまでの残りわずかな余暇を精一杯楽しむつもりなの。雑音がなくなり、気ままに依頼をこなしていく。


「依頼完了のサインをお願いします」

「本当に助かったよ。ありがとう」

ケルンの街での依頼は終わった。次はノトの村。さすがに移動で疲れたので今日はこのまま宿を取り、明日移動することにした。

翌日は歩いてノトの村へ向かい、半日ほどで到着。その後、すぐに依頼をこなし完了のサインを貰ったわ。Cランクともなるとそこそこ強い魔獣が出てくるので長期間残っている依頼も結構ある王都から遠い村や街は特にそう。気分は上々！　こうして4日間移動と依頼をこなして、泣く泣く帰路についた。

王都に着くと門の前で止められた。門番がどこかに連絡しているようだ。すぐにジャンニーノ先生が飛んで来たのには驚いたわ。

「お帰り。旅行は楽しめましたか？」

「えぇ！　とっても！　このまま王都に帰らなくてもいいかなって……」

「そうなれば大問題ですよ。陛下がお待ちです」

「先生、待って。ギルドに報告していないから先に依頼完了の報告をしてきます」

「……まさか討伐の旅に？」

「ええ、もちろん！」

ジャンニーノ先生は呆れている。その間に私は走ってギルドへ向かった。

「すぐに戻ります」

どうやら目を離しては駄目な子扱いをされているらしく、先生はすぐに追いかけてきた。

私は依頼完了の報告をしてお金を受け取った。

「ふふっ。いい稼ぎ！」

この貯まった金貨で何を買おう？　と妄想の国に出かけようとしていたのに先生に呼び止められ

る。「さぁ、王宮に向かいますよ」と。私はがっかりしながら足取り重く王宮に向かった。旅装のままでいいのか聞いたけれど、あちらは随分待っているのでこのままでいいらしい。

チッ。私は観念し、魔獣の頭蓋骨を寮に魔法で送った。さすがにあの格好で陛下に会うのはまずいもの。

先生に連れられ向かった先は陛下の執務室だった。

「ユリア・オズボーン伯爵令嬢をお連れしました」

「うむ。オズボーン伯爵令嬢、先週の舞踏会でランドルフや令嬢たちを守ってくれたと聞いた。改めて礼を言う」

「いいえ、ランドルフ殿下を守るのは臣下の役目ですから。当然のことをしたまでですわ」

「褒美は何がいいかの？」

「……褒美、ですか？　私、旅行が好きで今回も舞踏会後は旅行で王都を離れていました。他国へも旅行に行きたいと思っています。自由に国外へ移動できる許可をお願いしたいですわ」

「ふむ、そうじゃの。許可したいが、例の件、実はまだ犯人が捕まっておらんのだ。またランドルフが狙われるやもしれん。犯人が捕まり、王宮内が平和になれば許可してもよい。それまでの間、ランドルフの警護にあたってくれんかの？」

「申し訳ありません。ランドルフ殿下の警護は私には難しいと思います。陛下の元に報告が上がっているいると思いますが、前回陛下から褒賞の件で呼ばれた際、私は王宮で倒れております。いつ発作を起こすかも分からない状況では殿下の足を引っ張りかねないのです。どうか、ご容赦ください」

ずっと側にいるだなんて、考えただけで精神がもたないわ。倒れること間違いなし。本来断ってはいけないのだけれど、こればかりは断り続けるしかない。

「そうか。同じ学年であるから良いと思ったのだが病気なら仕方がない。王宮の医師たちの報告では精神的な負担がかかり倒れたとあったが、実のところどうなのだ？　幼少期からの精神的な病ということは伯爵が原因なのか？」

「いえ、家族に問題はありません……」

「ではその他の原因、とは何だ？」

「そ、それは……」

私は言葉に詰まり、ジャンニーノ先生に視線を向けた。先生は魔法契約で話すことができないけれど、私に話をしても大丈夫だと頷いた。

「陛下、人払いをお願いしても良いでしょうか？」

「オズボーン伯爵令嬢に不都合になることを口外する者はいないから大丈夫だ」

陛下は、事情を護衛騎士たちに聞かれるのを私が恥ずかしがっていると思ったのかもしれない。

「王家の秘密に関することでも？」

その言葉を聞くと陛下はピクリと眉を上げ、すぐに人を下げさせた。部屋には陛下と先生と私だけになる。

「ジャンニーノは下がらぬのか？」

「えぇ。私は魔法契約を結んでユリア様が倒れる原因を知っておりますから」

「そうか。して、ユリア嬢。王家の秘密とは？」

「陛下、私は一度、時間を戻っております。その魔法を使ったのはランドルフ殿下だと思われます」

「なぜそう思う？」

「時が戻る前の私はランドルフ殿下の婚約者だったからです。その時の私の年齢は19歳。10歳の頃よりランドルフ殿下の婚約者になり、王妃教育を受けてきました。その記憶があるのは多分ですがランドルフ殿下と私のみ。言葉だけでは信用できないかもしれませんが」

「ふむ。なぜ19歳でユリア嬢は亡くなったのだ？」

私は亡くなった理由を陛下に話した。そして倒れる原因となった出来事も。

「ふむ。ユリア嬢の話は理解した。確証はないが、思い当たる節はある。ユリア嬢の話はあくまで参考程度にとどめておく。もし、それが本当のことなら、ヴェーラ・ヴェネジクト侯爵令嬢はユリア嬢に代わり、王太子妃になったのか」

「そこまでは分かりません。私は、先に処刑されてしまったので……」

私はカタカタと震え始める。

「ユリア様、こちらを向いて」

先生はそう言うと私に精神耐性の魔法をかけた。

「落ち着きましたか？」

「先生、ありがとうございます。大丈夫です」

陛下は私の様子を見て何かを考えている。

「ふむ。となると、お茶会での事件の犯人も舞踏会での事件の犯人も洗い直しが必要になるかもしれんな。ランドルフにも話を聞くことにしよう。わざわざ呼びつけてすまなかったな」

私は陛下に会釈をして執務室を出た。

「ユリア様、この後はどうするのですか？」

「また倒れてもいけないので今日はすぐに伯爵家に戻ります。父も報告を待っているでしょうから……」

「分かりました。馬車まで送りますよ。それと、繰り返しになってしまいますが『先生』は不要です」

「わ、分かりましたっ」

私は王宮からの馬車に乗り、邸へと戻った。

「ユリアお嬢様、お帰りなさいませ。旦那様がお待ちです」

「……分かったわ」

旅装を着替える時間も与えてくれないようだ。王家といい我が家といい……。まったくもうっ！

私はふうっと一息吐いてから執務室に入った。

「ただいま戻りました」

「あぁ、戻ったか。お帰り。王宮から呼ばれている。明日、登城しなさい」

「お父様、先ほど王宮から戻ったばかりですわ。王都に戻ったところですぐに呼ばれたのです」

「……陛下からはなんと？」

「舞踏会で魔獣を倒した褒美は何がいいかと聞かれました。あと、お茶会での犯人も舞踏会で令嬢を魔獣にした犯人も捕まっていませんので、ランドルフ殿下の護衛にあたってほしいと言われましたわ。拒否しましたけれど」

「！　拒否、しただと？　殿下の側近になるのは光栄なことではないか」

「陛下にしっかりと理由も述べましたわ。考慮するとおっしゃっていました」

父は私の言葉に複雑な思いを抱いているようだ。

「ところで、この1週間どこに行っていたのだ？」

「旅ですわ。ケルンの街周辺まで足を伸ばしておりました」

「なぜ、今の時期に？　旅など令嬢に必要ないだろう」

「魔法使いになるため様々な場所に赴き、見識を深めておりました」

嘘は言っていない。父はイライラして指で机を叩いている。

「ユリアはこれからどうしたいと思っているのだ？」

「私は学院を卒業したら魔法使いとなって様々な国を巡りたいと思っています。母が言うような貴族令嬢としての幸せなどこれっぽっちも望んでいませんわ」

「伯爵位以上の貴族は国外へ出るのに許可が必要だ。魔法使いならなおのこと許可はおりないだろう」

「ええ。それも含めて陛下にお願いしましたの。王宮が平和になったら許可しても良いとおっしゃっていました」

「……そうか。婚約者もいるのだし、少しは落ち着いたらどうだ？」

「私は青春を謳歌しているだけですわ。お父様こそ私をどうしたいのでしょうか？」

今まで母や弟が邪魔をして聞けなかったことを聞いてみた。父の考え。

「……陛下の意向に従うべきだ。貴族として当然だろう」

「冤罪《えんざい》をでっち上げられ、娘を切れと言われても？」

「あぁ、そうだ」

「そこに疑問は持たないのですか？」

「疑問を持ったところで何になる？」

「……そうですか。お父様の考えは十分過ぎるほど分かりましたわ。私はこのまま寮へ戻ります」

「ユリア、このまま勉学に励み、ランドルフ殿下に気に入られるように」

「考えておきますわ」

私は執務室を出た後、無言のまま邸を後にした。口を開けば不満がとめどなく溢れてしまいそうだったから。

……分かってはいたわ。

前回の生であっさり家族から捨てられたのも納得がいった。あの時、誰も助けに来てくれなくて辛かった。結局、私はただの駒でしかなかったのだと自覚しただけ。これで心おきなく家族を捨てられるわ。先生には悪いけれど、卒業したらそのままトンズラしよう。

私は自分の部屋に着いて湯浴みをした後、すぐに眠りについた。

1週間ぶりの自分のベッド。ようやく、落ち着いて眠れた。

翌日から学院が始まった。はぁ、だるい。そんな思いを隠しながら静かに授業を受ける。休みの間、リーズはずっと商会の仕事を手伝っていて、王宮のお茶会や舞踏会で騒ぎがあったことを聞いてずっと心配してくれていたようだ。午前の授業が終わり、私たちは昼食を楽しんでいるが、他の貴族たちの顔色は悪い様子。どうやらアメリア・ハイゼン伯爵令嬢が魔獣になったことがそれとなく広まっているようだ。あの場にいた取り巻きの令嬢たちがしゃべったのだろう。

　話が広がるうちに「自分も魔獣になってしまうのではないか」と不安になったのか、Sクラス在籍の貴族の数人は休んでいる。時折、休み時間にSクラスの人が私のところへ見解を聞きにくることもあるわ。ランドルフ殿下は普段通りに登校しているが、側近はピリピリしているようだ。


　そうこうしている間に3ヶ月が過ぎた。

　相変わらず彼女を魔獣に変えた犯人は捕まっていない。日ごとに貴族たちも落ち着き始め、魔獣騒動が忘れ去られてきた頃。王宮から召喚状が送られてきた。犯人でも見つかったのかしら？　あれからジャンニーノ先生とは会っていない。先生は犯人捜しで忙しくしているようだ。もちろん私は邸に帰っていないので、今、家がどういう状況なのかも分からない。なるべくなら王家と関わりたくない。

　後ろ向きな気持ちが心をさらに沈ませながらも召喚状を持って王宮へと向かった。今回は陛下の執務室ではなく、大臣たちが会議をする時に使う部屋へと案内されたわ。

部屋に入ると既に陛下をはじめ、宰相、ブロル総団長、ジャンニーノ王宮魔法使い筆頭、そして婚約者候補の家である公爵たちと父が座っていた。礼を執ると、陛下から座りなさいと促された。

「では引き続き会議を」

宰相が進行役を務めている。どうやら私がくる前から話し合いが行われていたようだ。顔ぶれを見るだけで内容が読めた気がする。

……最悪だわ。

父がいるということは全て了承済みなのでしょう。

「突然の呼び出し、申し訳ない。だが、重要なことであるため理解してほしい」

宰相が話し始める。

「……今回、私が呼び出された理由をお聞きしても？」

「もちろんだ。王宮でお茶会を開いた時の襲撃事件、舞踏会でアメリア・ハイゼン伯爵令嬢が魔獣化した事件。どちらも記憶に新しい事件だろう？　実はまだ犯人が捕まっていない。そしてどちらもランドルフ殿下の前で起こった。今後またランドルフ殿下に危害を及ぼそうとする事件があるかもしれない。ユリア嬢にはランドルフ殿下の婚約者として護衛についてほしい」

お願いという名の命令だろう。自分のいない所で勝手に決められたことに怒りが沸々と湧き上がってくるけれど、ぎゅっと拳を握り、耐える。

「婚約者、ですか。私の婚約者は既にジャンニーノ様と決まっておりますが……」

顔に出さないよう努めて平静に話をする。

「ランドルフ殿下の命には代えられぬのでな。今、学院で殿下をお守りできるのはユリア嬢しかいないと思っている。持病があると聞いているが、犯人が捕まるまで婚約者という立場で側にいてほしいのだ。なに、舞踏会でのエスコートはジャンニーノ殿だったらしいが、魔獣の件でみんな忘れておるし大丈夫だ。君とジャンニーノ殿の正式な婚約はまだなされていない。つまり君にはまだ婚約者がいない状態だ」

「仮初めでも私が婚約者としてランドルフ殿下の側にいることを、候補者の皆様は納得していらっしゃるのですか？」

「次は自分が狙われるんじゃないかと娘たちは震えているんだ。今回のことは私たちも娘たちも賛成している」

「……殿下と婚約者候補を守るために持病持ちの私を盾に使うということですね？」

私の言葉にみんな一瞬言葉を詰まらせた。王太子殿下の婚約者という肩書で釣られると思っているのだろうか？　陛下は理由を知った上で私を盾にしようとしている。

ああ、嫌だ嫌だ。

こんな人たちのためになぜ自分が動かなければいけないの？

首謀者はどうせあの女でしょうね。侯爵が出席しているということは、陛下は侯爵に話をしていないのだろう。

それとも誰かを泳がせているのかしら？

「だが、伯爵は喜んで承諾してくれた」

宰相が言い訳のように口を開いた。

「ええ、それはそうでしょう。父は、私を駒の一つとしか見ていませんもの。先日も申しておりましたわ。私は死んでも構わないと。親からも皆様からも死んでもいいと言われて、私がやりますと言うとでも思ったのでしょうか？　残念ながら騎士様のような精神は持ち合わせておりませんの。馬鹿馬鹿しいわ」

私は席を立ち部屋から出ようとする。

本来なら陛下の前で無礼だ。だが、こちらも命が懸かっている。

自分の命より大事なものは残念ながらないわ。

「ま、まずは落ち着かれよ。座って、は「座って話を聞いて従えですか？　そしてまた私は殺されるのですね。あぁ、従わない場合はブロル総団長にこの場で斬られるか、ジャンニーノ先生に魔法で強制的に従わされるのですね？」」

陛下を含め、齢《よわい》14の小娘など簡単に従わせることができると高を括っているのだろう。残念。口にはしないが魔法の対処法はしっかりと勉強済みだ。同じ魔法使いのジャンニーノ先生と対峙すれば苦戦することは間違いないが、他は瞬殺できるだろう。瞬時にそう判断してしまう。

……そう考えると、私って結構好戦的なのね。

戦わずともこの場から逃げ出すのは簡単だ。むしろそっちの方が楽よね。

ずっと口を開かずにいた陛下が宰相を制止し、私に問う。

「まあ待て、ユリア嬢。私は犯人を捕まえたいだけだ。ユリア嬢の死を望んでいるわけではない。犯人が捕まるまでの間、ランドルフの護衛についてほしい。どうすれば協力してもらえるだろうか？」

「陛下には、理由である病についてお話ししましたが？」

陛下は王家の秘密に関してそれ以上話されるのはよくないとお考えのようだ。

「……ですが、そうですね、私を解放してくれるなら考えてもいいですわ」

「……解放とは？」

「私を貴族のしがらみから解放してください。私には夢があるのです。好きなように起きて、好きなものを食べる。好きなように働き、好きなように国を出る。好きな人と結婚し、思うままに生きていきたいのですよ。もちろんそのために貴族籍を抜けて平民になっても構わないと思っていますわ。幼少期よりついこの間まで平民と変わらず領地の小さな町で育ってきましたし、私は魔法が使えますもの。生きていく手段は色々とあります。貴族には憧れの一つも抱いていません。今こうして貴族のままでいるのも、ジャンニーノ先生やパロン先生、私を育ててくれた侍女たちへの恩があるからです。それだけですわ」

「……分かった。協力してくれるのであれば、犯人確保後はユリア嬢を解放しよう」

「へ、陛下⁉」

宰相が止めに入る。

「口約束では反故にされかねません。どうか、これにサインを」

私は机に置いてある紙に魔法で契約を書いていき、陛下の前にふわりと出した。もちろん内容は、お茶会や舞踏会襲撃事件の犯人が捕まるまでの間ランドルフ殿下の警護を行うというもの。期間は長くても学院卒業まで。うやむやにされても困るからね。

そして期間後は国外に自由に出てもよい、婚姻の自由、仕事の自由など、貴族としての活動を拒否してよいことを明記したわ。もちろん舞踏会やお茶会への不参加も含まれている。生涯自由でいられるのなら2年くらい我慢するわ。父は陛下の前で口を出すことはないが怒っている様子。まぁそうよね。顔に泥を塗られたようなものだしね！

14歳の小娘が突然出した魔法契約書。そもそも魔法契約なんて使う人はほとんどいないわ。契約違反をした時のペナルティが厳しいから。もちろんペナルティも作成者が決められるの。今回は一番重い、死。

私はそれでもいいと思っているわ。やりたいことはたくさんあるけれど、邪魔されるのなら死を選んでもいい。どうせ一度死んだ身だもの。怖くはない。

宰相が魔法契約の内容を見て目を見開き、驚いている。

ペナルティの重さに驚いているのかしら？　それとも、まだまだ子供の私が魔法契約書を作ったからかしら？

「ユリア嬢!?　なんだこれは！　話にならない、書き直すように!!」

「あら、宰相様？　間違っておりませんわ。私は命を懸けて守るのですよ？　当然陛下の命も懸けてもらわねばいけませんわ」

公爵たちも私の言葉に眉を顰《ひそ》めている。子供の作った魔法契約にサインをするのは馬鹿らしいと本気で思っているようだ。

「不敬を承知で言わせてもらうと、全てが大っ嫌いですわ！　私を陥れたあの女も、牢に入れワズルガードに命令し、処刑させた殿下も、私のことを、見捨てた、家族も、みんな嫌い！　大っ嫌い！　みんな死んでしまえばいい」

話しているうちに段々と私は興奮し、魔力が漏れ出す。私の言葉に先生以外が「どういうことだ？」と困惑しているようだ。陛下は理解していたはずだけれど……。やはり本当に時を戻ったとは思っていなかったのね。ワズルガードの名を出すまで。

ワズルガードは狂気の集団だ。騎士団には、対外的には零騎士団と呼ばれ、優秀だが問題児ばかりが集まる部署がある。特Aクラスの魔獣の討伐や、他国との折衝のために活動しているとされているが、その中のさらに優秀な一部が国の暗部を担っており、メンバーはワズルガードと呼ばれている。その名も活動も王族しか知る者はいない。私がその名を知っているのは王妃教育を最後まで受け、王妃様から聞いたから。

左袖口のカフスに小さな星が付いているのが彼らの印《しるし》らしい。

ジャンニーノ先生は立ち上がり、私の元にくると視界を遮るように抱きしめ、耳元で囁いた。

「ユリア、落ち着きなさい。駄目ですよ、ここで暴れたら。皆、死んでしまいますよ」

先生の言葉に私は落ち着きを取り戻し、漏れ出ていた魔力を抑えた。先ほどのやり取りや先生の行動に誰もが口を閉じてしまった。

「私はこの通り、病持ちです。そのため、幼少期より領地の奥でひっそりと過ごしていましたのに……。私はそれだけ皆様のことが嫌いですの。そんな私を盾にして犯人を捕まえる勇気はありますか？」

皆一様に顔色が悪い。子供だと思って適当に言いくるめて好き勝手に使おうとしていることがみえみえなのよ。これでも過去に王妃教育を全て終わらせている私は彼らの行動を理解しているつも

り。

私がジッと様子を見ていると、やはり彼らは命を懸ける気など毛頭ないのだと判断する。宰相が持っていた契約書を魔法で燃やすことで答えた。

「皆様、私を盾にする勇気はないようですね。では私は今までと変わらず過ごしていく予定ですわ。何も権力に逆らうとか、攻撃する意図は全く持っていません。私の望みはただ静かに過ごすことだけです。このように病気持ちですので舞踏会やお茶会などには最低限の参加となりますが、責め立てぬようお願いいたします」

私は先生から離れ、今まで最高に美しい礼を執った後、部屋を出た。後はどうなろうと知ったことじゃないわ。

私が犯人として罪を全てなすり付けられるのかしら？　それもありそうよね。その時は全力で逃げるしかない。

私は認識阻害の魔法をかけて素早く寮に戻った。


その後、父からも先生からも誰からも何の連絡も来ていない。苦情の一つでも来るかと思っていたんだけど……。

ああ、エメやパロン先生を盾に私を従わせるのかしら？　そういえば私、ここまで激しい怒りを人に向けたことがなかったわ。大人げがなかったことに後悔する。でも、陛下たちの私を盾にして令嬢たちを守る姿勢にどうしても我慢ができなかった。

やってしまったものは仕方がない。もう、どうにでもなれ。

そう思い、私はベッドに入った。

◆◇◆◇◆

〈陛下視点〉

――ユリアが去った後の会議室――

あの娘、ユリア・オズボーンはやはり時を戻っていたのか？　影からの報告では確かに精神疾患と診断を受けて領地で暮らしていたようだ。世迷言《よまいごと》だと思っていたのだが、な。

儂があの娘と話したことを思い出していると、宰相の声で現実に引き戻された。

「全く……。オズボーン伯爵、令嬢はいったい何を考えているのか？」

「……誠に面目《めんぼく》ない。後で叱っておきます」

「だが、まだまだ若い貴族令嬢だから言いくるめればなんとかなると考えていたのが裏目に出てしまったな。これでは娘を守ることができん」

ブレンスト公爵がそう言うと、ヴェネジクト侯爵、レイン侯爵も頷いている。

「だが、一人の令嬢に全てを負わせるのも酷ではないでしょうか？　彼女は確かにジャンニーノ王宮魔法使い筆頭に師事し日頃から教えを受けていますが、まだ学生です。たまたまあの場にいたからこそ彼女は手を貸してくれた。本来なら騎士や魔法使いが警護に当たるのが筋ではないでしょうか？」

今まで黙っていたブロル総団長がそう意見する。大勢の騎士たちがたった一人の貴族令嬢に遅れを取ったとなれば、騎士団としても沽券に関わる問題だ。

「彼女も貴族の一員だ。王家の命令に従うのは当たり前だろう」

レイン侯爵はそれでも納得がいかないようで反論する。

「ではレイン侯爵。そこまで言うのであればコリーン嬢を婚約者にしてランドルフ殿下の盾にすれば良いではありませんか？」

ジャンニーノの言葉が侯爵へ返ってくる。

「な!?　未来の王妃になる娘に命を張れと？　そんなことをするわけがないだろう!?」

「おやおや、昔からランドルフ殿下が婚約者に望んでいるのはユリア嬢だけだと聞きましたが？

彼女は持病のため婚約者になれないだけで、裏を返せば他の令嬢たちは皆、ランドルフ殿下のお心を射止めておりません。ユリア嬢は持病を抱えているという点以外は大変優秀だと思いますよ？ 殿下が婚約者として望むほどに。お三方のお嬢様方はそのユリア嬢を踏み台にできるほど優秀で素晴らしい人物なのでしょう？ 殿下を側で守りたい。婚約者候補として素晴らしいではないですか」

「こらっ、ジャンニーノ。煽るな、言葉を慎め」

宰相が諫めると、ジャンニーノは笑顔で口を閉じた。

ちなみに王宮魔法使い筆頭のジャンニーノは別として、オズボーン伯爵はこの中では爵位が一番低く、口を挟むことはできない。

「まぁ、確かに一伯爵令嬢でしかない学生のユリア嬢に騎士団と変わらないような警護を望むのはおかしいとは思いますな。ここは一つ、学院のSクラスに騎士団と魔法使いの双方から護衛を出すようにするしかないでしょう。陛下はどのようにお考えですか」

「……ああ。そうだな。犯人が見つかるまで物々しいが騎士や魔法使いたちが護衛する方がいいだろう。息子の命には代えられん」

「ではそのように。皆様お忙しい中お集まりですから、この辺でお開きにしましょう。捜査に進展がありましたらお伝えいたします」

宰相の言葉に一旦解散となった。

そして儂の前にブロル総団長とジャンニーノ魔法使い筆頭、宰相の３人だけが残った。

「ジャンニーノ、ユリア嬢の言葉は本当だと思うか？」

「……本当のことだと思います。なぜ陛下は彼女の話を信じなかったのですか」

「あれは王族の中でも秘術中の秘術なのだ。名前こそ知れ渡っているが、過去に行った者はいない。発動するかも分からないほどの魔法なのだよ。まさか息子がやるとは思えなかったのだ」

儂とジャンニーノ筆頭の話を黙って聞いている2人。どうやら2人は王家特有の魔法の話をしていることは理解したようだ。ジャンニーノ筆頭や一部の貴族は王家特有の魔法があることを知っているが、正式に公表されていないため、知らない者も多いのだ。

「だが、ユリア嬢の言っていることがもし本当なら、儂ら王家を恨んでいても仕方ない。あやつがいまだ捕まらない犯人を隠匿《いんとく》している可能性も浮上してくる」

儂の言葉にゴクリと唾を飲む宰相。

「陛下、ランドルフ殿下を狙う犯人が分かるのですか？」

「あぁ。推測はできる」

「……誰かをお聞きしても？」

「……ヴェーラ・ヴェネジクト侯爵令嬢だ。犯人はランドルフを狙ったのではない。ランドルフに近づく者や婚約者候補を狙った、ものだろう」

「では、ヴェネジクト侯爵も絡んでいると？」

「そこまでは分からん。だが、令嬢一人では魔法使いを雇い大規模に魔獣を呼び出したり、人を魔獣化したりすることは難しいだろうな」

「ヴェーラ嬢を犯人と断定するには証拠が足りない。ましてや相手は侯爵家。下手なことはできませんね」

「うむ」

「そうなれば我々は今まで見当違いな場所を探していたのですね。ヴェネジクト家にも監視を置いた方がよいでしょう」

「ランドルフ殿下はユリア嬢をずっと婚約者にと望んでいるようですが、本当のところはどう思っているのでしょうか？」

ジャンニーノは疑問を口にする。ここまで殿下は自ら前に出てきたことは一度もない。

「あぁ。ランドルフは昔からおとなしい。どこか人間味が薄いというか、感情の起伏をほぼ見せない。人形に近い危うさがあるのは皆知っているだろう？　唯一、ユリア嬢のことに関してだけ反応を見せると言ってもいい。それに、いつの頃からかどんな時も魔法無効の魔道具を持ち歩き、それを部屋にも置いている。乳母や専属の侍女を含めたほとんどの者と距離を取っている素振りさえある。……ランドルフにもユリア嬢にも、もっと詳しい話を聞く必要があるのかもしれん……」

儂は呟くように話す。ユリア嬢の心が病むほどの出来事。同じようにランドルフにも何かあったのかもしれない。

ここにきてようやく僕たち大人は事態の重大ささに気がついた。

5章　沈鬱な心の澱み

翌日も何事もなかったかのように登校する。昨日、私としたことが感情をむき出しにしてしまった、と後悔をするけれど、今朝は気持ちを切り替えるように努める。

あれから父に一旦家に戻ってこいと言われたけれど、「学院が忙しい」で通してしまったわ。

あーあ。これから私はどうなるのかしら？　一応荷物を纏めておいた方がいいのかしら。

午前の勉強が終わり、リーズ嬢と一緒に昼食を楽しんでいると、「午後から時間をいただけますか？」の声。声を掛けてきたのは、ブロル総団長、その人だった。

「いえ、忙しいのですが？」

「そうですよね。ですが、昨日のお話を詳しくお聞きしたいのです。こちらとしても無理に王宮に連れていきたくはないのですよ」

「……はぁ。分かりました。リーズ、うるさくしてごめんね。また明日ね」

「ユリア様、また明日」

昨日のことを忘れて中庭でリーズとのひと時を楽しんでいたのを邪魔されて不機嫌になる。

なぜ学院にブロル総団長がいるのか？　しかも私を呼ぶなんて。

……やはり犯人にされているのかしら。

逃げれば良かったのか。ブロル総団長の表情からは読み取れず、どうしようかと考えながら荷物を片づけて立ち上がる。そのまま優しい連行と言えばいいのか、私はブロル総団長と騎士団の馬車に乗り込んだ。

……そうだ。今日はパロン先生のところに行く予定だったわ。

「ブロル総長、すみません。伝言魔法を飛ばしてもよいですか？」

「どこへ飛ばすのでしょうか？」

「今日、行く予定だったところに、です。相手にご迷惑がかかりますから」

「あぁ、それは申し訳ない。構いませんよ」

私はパロン先生に『急遽王宮に呼ばれたので行ってきます。当分返事はできません』とだけ送っておいた。先生にご迷惑がかかってしまうからね。

そうして馬車は騎士団の詰所前に停まり、私はそのまま詰所に連れていかれた。これから犯人に仕立て上げられるのかしら……。またやってもいない罪をでっち上げられるのか。心が重くなる。

ブロル総団長に案内されて入ったのは尋問用の部屋だった。この部屋は偽装や逃亡ができないように、魔法が使えないようになっている。

「ユリア様、どうぞお掛けください」

私は総団長に言われるまま椅子に座った。貴族を尋問する部屋なのだろう。平民が座る椅子に比べて少し高級感がある。

「で、私を尋問して何になるんでしょうか？」

「この部屋しか空いていなかったものですから。よく尋問部屋だと分かりましたね」

「えぇ。私はよく隣に連れてこられましたから」

軽く、前の生の出来事を口にする。

「その、ユリア様の、時を戻る前の出来事を詳しく教えていただきたいのです」

「で、私を犯人に仕立て上げるのでしょう？」

「犯人に仕立て上げるだなんてそんなことはしないですよ。陛下からも命令されておりません」

「……そう。で、何が聞きたいのかしら？」

「ランドルフ殿下との関係ですね」

「もし私が倒れたらすぐに医者を呼んでくれるの？」

「えぇ、もちろんです」

私は過去の出来事、つまり殿下の婚約者になった経緯と当時どのように過ごしていたのかを話した。私が学院に入った頃、ランドルフ殿下とはお互いに名前を呼び合い、とても仲が良かったこと、いつしかヴェーラ嬢が絡んできていつも殿下にべったりと付いていたこと、学院の2年生になる頃から殿下が私を疎んじるようになったこと、それでも婚約者のままだったこと。卒業した後、ランドルフ殿下に呼び出され、貴族たちの前でやってもいない事件の犯人にされたことも話した。その後、一般牢に囚われて、王都の中央広場で公開処刑されたことも。

途中、震えが酷かった。何度も吐きそうになりながらも話した。もちろん自分の言うことが本当かという証明は難しい。

自分とは関係のない事件の話もしておいた。○日に王都の宝石店前で殺人があった。△月、□□領地で飢饉《ききん》が発生し、金貨300枚分の米を提供した、など。ブロル総団長と共にいた書記官は一言一句漏らさずに書き記していたわ。

婚姻が決まっていたから王家の秘密を知っているということも。内容までは喋らないわ。だってそれこそ死ぬしかなくなるもの。ブロル総団長は顔色を変えることもなく淡々と質問していった。

「……ブロル総団長、もう寮に帰ってもいいでしょうか？」

話を始めて5時間は経ったかしら。ずっと喋りっぱなしで疲れてしまった私。何度も同じことを聞かれて、確認される。人を殺したわけでもないのに！　疲れたわ。本当に犯人に仕立て上げられるのではないだろうか。

「ユリア様、ご協力ありがとうございました。また明日、お話をお聞かせください」

ブロル総団長はそう言った後、騎士団の馬車で私を寮に送り届けてくれた。

翌日からの1週間、私は毎日午後から聞き取り調査と称して尋問部屋へと連れてこられ、話をさせられた。

「……犯人はあの女に決まっているわ。なのに何度も同じことを聞く。まるで私を犯人扱い。これ以上関わりたくないのに」

私はぽつりと呟く。ブロル総団長は口を開くことはなかった。

今日も夜遅く寮に送り届けられた。

疲れてベッドに寝っ転がるけれど、部屋には食べるものもない。私はふらりと立ち上がった。

……もう、疲れちゃった。

何度も、何度も、苦しい過去を思い出させ、私に協力しろと言う。

私が我慢すればそれでいいと思っている人たち。

もう、いいや。

学院を卒業しようと思ったけれど、もう、何もかも嫌になった。

私は着替えてからパンを買いに街にふらりと出た。

……馬鹿だな、私って。

こんな時間じゃパン屋は閉まっているわよね。疲れているせいか、いつもとは違う行動をてしまったわ。

私は当てもなくフラフラと道を歩いていく。

ボーッとしながら歩いていた。でも、立ち止まったそこにはいつも通っていた診療所。

ああ、足が勝手にここへ来てしまったのね。夜遅くに診療所の扉を押して部屋に入っていく。急病の患者のためにいつも鍵は開けられている。

「急患かな？　……ユリア様!?」

「先生……」

私はパロン先生の姿を見てホッとしたせいか、そのまま意識を失ってしまったみたい。


「……パロン先生？」

「ユリア様!!　目が覚めたかな？」

「……こ、ここは？」

「診療所のベッドだよ」

「ご、ごめんなさい。すぐに帰ります！」

「まだ安静にしていなさい。ユリア様は1週間も目覚めなかったんだから」

「い、1週間!?　本当ですか??」

「ああ。相当疲れていたようだね。無理してはいけない。今エメを呼ぶから待っていて」

先生はそう言うと、すぐに魔法でエメを呼んでくれた。

「ユリアお嬢様!!」

部屋の扉が開いたと同時に泣きながら駆け寄ってきたエメは私をギュッと抱きしめた。

「もう、目覚めないいんじゃないかと思って怖かったです」

どうやらこの1週間、私自身はたまに目を開けていたようだ。でも焦点が合わず、どこか虚《うつろ》なまま動くことはなかったらしい。

「エメ、心配をかけてごめんなさい」

「ユリア様、倒れたあの日、何があったんだい？」

パロン先生は心配そうに聞いてきた。

「1週間近く、学院が終わってから夜遅くまで王宮の騎士団で尋問されていたの。何度も過去を思い出して話をしていたから……」

「そうか。それで心が限界を迎えてしまったのだろう」

「あ！　倒れて1週間ってことは王宮の人たちが逃げたと思って探しているんじゃないかな？」

「ユリア様、大丈夫。ユリア様が倒れた翌日にジャンニーノ君へ知らせを飛ばしてあるからね」

「先生、ありがとう。先生が知らせてくれていなかったら、きっと今頃犯人は隠匿ってことで先生が捕まっていたかもしれない」

「ははは。それはそれで面白いことになりそうだ。今日はエメの家に泊まってしっかり静養するように」

「……はい」

私は先生にお礼を言った後、エメに連れられてエメの家に戻った。さすがに今日ばかりは部屋でのんびりと過ごし、エメの作る料理を食べて心の栄養を摂っていく。

「エメ、私、そろそろ王都から出ようと思うの。学院を卒業するまで頑張ろうと思っていたんだけれど、このまま王宮が関わってくるんだったら難しいかもしれない」

普段前向きな私が溢した後ろ向きな言葉。エメは何も言わず私の頭を撫でてくれる。

「無理しないでくださいね。エメはどんな時もユリア様の味方ですから」

「……ありがとう」

エメの言葉。

……彼女は、私が死ぬ前も同じように言ってくれた。

泣きたくなった。

私にはこうして心配してくれる人がいる。

それだけで心が温かく感じるの。

翌日は学院もあるので朝早く家を出ることにした。エメはもうしばらく休んでいた方がいいんじゃないかって言っていたけれどね。1週間も休んでいたのでリーズも心配していると思うの。

まだ学院に騎士たちはいるのかしら。荷物を纏めていつでも出ていける準備を終えた後、不安になりながらも登校した。

「ユリア様、大丈夫ですか？」

「リーズ、心配かけてごめんね。昨日、目覚めたの」

「うぅっ。日に日にやつれていく姿を見ていて心配していたんですからっ」

「私が休んでいる間、何か変わったことはなかった？」

「うーん。Aクラスは変わったことはないけれど、Sクラスは令嬢たちが何か喧嘩して騒ぎになっていたみたいです」

「そうなのね。リーズもSクラスには近づかない方がいいわ」

「そうですよね。なんだか怖いですし」

詳しい話を聞いてみると、どうやら婚約者候補の3人が喧嘩をしていたみたい。今まで4人は牽制し合っていたけれど、アメリア嬢がいなくなり、いよいよ争いが激化し始めているのだとか。クラス内外で3人は罵り合い、殿下の側近や護衛が止めに入る事態になっているらしい。

彼女たちの本性が出てきたのかしら。

近づかないに越したことはないわ。

私はリーズと共に行動し、なるべく目立たないように授業を受けた。さすがに1週間も眠っていると思ったより体力がなくなっている。少し鍛え直さないといけないわ。そう考えていると……。


また彼が私の前に現れた。

「ユリア様、お時間をいただけますか？」

……ブロル総団長。

「嫌よ。私は目覚めたばかりなの。もう協力したくない。放っておいて」

ブロル総団長は頭を下げた。

「ユリア・オズボーン伯爵令嬢。誠に申し訳ございませんでした。ジャンニーノから貴女が倒れ、目覚めないとお聞きしたのです」

「聞いたのならもういいでしょう？　放っておいて」

「……分かりました。本当に申し訳ありませんでした」

ブロル総団長は意外にもあっさりと引いた。王宮の方で何かあったのかしら？　それともランドルフ殿下の話と整合性がとれたのかしら？　まあいいわ。これ以上関わらないで済むのならそれに越したことはないもの。

そこからの毎日は王家と関わることなく過ごしていた。

側近も護衛もAクラスに来ることはなかったの。私はそのまま学院に登校し続けている。辞めようと思っていたけれど、あれからパロン先生にもグレアムにも止められた。まだ14歳の子供だ、と。学院は16歳で卒業になる。あと2年は勉強した方がいいんじゃないかと言われたわ。

私はこれからも過去に纏わりつかれるのかしら。

6章　苛立ち

そうして2年生に進級する目前までSクラスと関わり合うことなく過ごすことができた。

殿下は、ごくたまに見かけることがあっても常に護衛が付いていた。令嬢たちの喧嘩は続いている。残念なことに、お茶会の事件の犯人も舞踏会の事件の犯人も判明していない。やはり貴族が犯人を匿っているんじゃないかというのがもっぱらの噂ね。

私は変わらず午前の勉強をそこそこにした後、認識阻害の魔法をかけて診療所で治療したり、冒険者として小遣い稼ぎをしたりしているわ。


「ユリア様、次はSクラスになれるように頑張りましょうね！」

リーズは気合いを入れて勉強に取り組んでいるみたい。私はリーズと一緒にテスト勉強をしている。今まではAクラスになるように調整していたけれど、今ではSクラスでなければどこのクラスでもいいやと思っているのよね。邸には残念ながら帰っていない。特に父から何も言われないし、家のことは放っておいている。父も心底呆れているのだろう。ジャンニーノ先生はというと手紙を送ればすぐに返ってくるけれど、前ほどゆっくりする時間はないらしい。まぁ、王宮の魔法使い筆頭となれば忙しいわよね。

図書室でのんびり本を読みながらリーズと復習をしていると、いつかのようにヨランド様が声を掛けてきた。以前見かけた時よりも幾分疲れた顔をしているのは気のせいかしら？

「やぁ、ユリア嬢、リーズ嬢。クラス分けのテストに向けて勉強しているのですか？」

「えぇ。Sクラスに入れるように頑張っているんです」

「そうなんですね。私が教えましょうか？」

またこのパターンか！　って思ってしまったのは仕方がないわよね。せっかく静かに過ごせていたのに。

「あら、ヨランド様。私たちにではなく婚約者候補の令嬢方に教えてあげた方がよろしいのでは？　あちらは喧嘩ばかりしていて成績が落ちているのでしょう？」

「……彼女たちには優秀な家庭教師が付いているし大丈夫だろう」

「あら、ヨランド様が中に入って教えれば彼女たちも落ち着くのではなくて？」

婚約者の座を巡って喧嘩しているのだから殿下に一番近い側近を取り込もうと必死なはずよね。いつもより少し強い口調で言ってみた。するとヨランド様は一層疲れた顔をしたわ。

「ユリア嬢……。分かって言っているよね？　あの3人の中に入れって、酷なことを言うね。彼女たちの争いは日に日に激化していてそろそろ怪我人が出てもおかしくないんじゃないかって言われているくらいなんだよ？」

「あら、王宮の護衛騎士も付いているのだし大丈夫じゃないですか。ヨランド様の男らしさを見せるところですわ」

嫌味満載よ。

「殿下は無関心だし……」

呟くように言葉を漏らすヨランド様。そういえばあれから殿下はどうしているのかしら？　舞踏会の事件以降、休みがちになっていることは耳にしているわ。ランドルフ殿下が表に出てこないため一部の貴族から「弟を王太子にするべきでは？」という話も本格的に出ているらしい。

王家の血筋はまだ何人かいるし、最悪の場合は王弟のブランド様かその息子のロダン様が次の王になるかもしれない。

「あらあら、軟弱ですのね。側近であれば令嬢たちをいなせなければ殿下を守りきれませんわ」

「私もマークも令嬢たちの対応は苦手なんだ」

「なら！　婚約者様方に手伝ってもらうのが良いのではないかしら？」

私はいい案を思いついたとばかりに手を叩いた。確か側近4人には、あまり仲良さそうに見えなかったけれど、婚約者がいたはずよね……？　あれ、前回の生だけ？　今はいないのかしら？　ヨランド様が渋い顔をしているわ。

リーズはというと不思議そうにしながらも私たちの会話には入らないようにしている。さて、この話はこの辺で終わりかしら。

「リーズ、せっかくだからヨランド様に勉強を教えてもらう？」

「ユリア嬢も一緒に勉強しましょう」

「私は用事がありますから。リーズ、ではまたね」

前回同様、リーズを盾にしてしまった。ごめんね。でも、疲れているヨランド様を見て思った。たまにはヨランド様も殿下と離れて息抜きが必要なのかもしれない。

私がそのまま手を振り、図書室を出ようとした時、Sクラスの一人が図書室に駆け込んできた。

「ヨランド様はいらっしゃいますか⁉」

「どうしたんだ？　そんなに大声を出して」

「それが……いつものように3人が喧嘩を始めた時、コリーン嬢が興奮して大声で怒鳴ったかと思ったら、口から泡を吹きながら、腕輪に、手を翳そうとしたんです。今は護衛騎士に拘束されています。詳しくは分からないけれど、呼んでくるように言われました」

息を切らしながら説明をしている。口から泡を吹くって……。

「知らせてくれてありがとう。すぐに向かう。……ユリア嬢、一緒に来てもらえないだろうか？

何かあった時に対処できる学生は君しかいないんだ」

「……はぁ。分かりましたわ。リーズ、先に帰った方がいいわ」

「ユリア様、無理しないでくださいね」

私たちは急いでコリーン嬢がいるSクラスに走った。足元までの長さがあるスカートなのでとても動きにくいわ。走りながらジャンニーノ先生に連絡を飛ばす。きっと護衛騎士が連絡していると思うけれど、念のために、ね。

「ユリア嬢、大丈夫か？」

「えぇ、問題ありません」

後から付いてくる私に気を遣うように声を掛けてきたヨランド様。普通の令嬢は走らないからね。

「大丈夫か!?」

Sクラスに到着してすぐにヨランド様はクラスを確認する。私も後ろから部屋に入った。

部屋の右端にはSクラスの数名の男子。左端にはヴェーラ嬢とクラーラ嬢。そして中央にはコリーン嬢を取り押さえている護衛騎士がいる。ランドルフ殿下はこの場にはいないようだ。よく見るとコリーン嬢は泡を吹きながら唸り声を上げていて、目は血走っている。その様子はただごとではないわ。

私は拘束されているコリーン嬢に近づき、額に手を当て強制的に眠らせた。診療所で患者にかける以外に使ったことはないけれど、なんとか上手くいったわ。パロン先生の魔法ほどではないのが残念よね。もちろん学生は使えない魔法。護衛騎士は使えるかもしれないけれど、繊細な魔法にはなるので拘束しながら魔法で眠らせるとなると難しい。

意識を刈り取る方法はあるけれど、相手は侯爵令嬢だし、怪我をさせて問題になっては困るわよね、きっと。

その後、ようやく学院の教師たちがバタバタと走って部屋に入ってきた。ざわざわと周囲も騒がしくなっている。

私が立ち上がって周りを確認しようとしたところ、足元に魔法円が浮かび上がり、ジャンニーノ先生と王宮騎士5名が現れた。5人の騎士は状況をすぐに理解したようで教室内にいる人たちのフォローや聞き取りに回ったようだ。

「知らせてくれてありがとう。コリーン・レイン侯爵令嬢だったね。すぐに調べる」

ジャンニーノ先生はその場で腕輪を外そうとするけれど、腕輪に何か仕掛けがあるらしく引き抜けないでいるようだ。

「……まずいな」

渋い顔をしているジャンニーノ先生。

「先生、どうしたのですか？」

「あぁ、この腕輪にちょっと問題があってね。もう一人魔法使いを呼べばいいか……」

ブツブツ呟いていて思考の世界に旅立ってしまっている。ジャンニーノ先生がいるし、私は必要ないわよね……？

「ヨランド様、王宮の方もいらっしゃいますから私はこれで失礼しますわ」

「あぁ、すまない。ありがとう」

ヨランド様に一言声を掛けた後、私は寮に戻った。

コリーン嬢、大丈夫かしら？

ベッドでゴロリと横になりながら先ほどの出来事を思い返していた。私の中では魔道具のような腕輪かな？　という認識でしかない。やっぱり先生は凄いのね。そういえばランドルフ殿下はいなかったけれど、大丈夫だったのかしら？

翌日、朝食のために食堂へ向かった。

いつもなら朝から食堂はパンの香りと共に学生で賑わっているはずなのに、今日は入り口に多くの生徒がいて混雑している。どうしたのかしら？

「あ、ユリア様！　昨日は大丈夫でした？」

「リーズ、食堂の前にみんな固まっているけれど、どうかしたの？」

「今日から3日間学校が閉鎖になるみたい。それで食堂も閉まっているの。閉まる原因はやっぱり昨日のことよね？」

「そうかもしれないわね。テスト前なのに困るわ」

仕方がない。街に出てパンを買うか店で食事をするしかない。３日間ならエメの所に行ってもいいかも！　どうせ勉強なんてしないしね。

「リーズは３日間どうするの？」

「図書室も開いていないから部屋で勉強するわ。ユリア様は？」

「んー一旦寮に戻って家に帰るかどうか考えるわ」

伯爵家ではないけれどね。

あの時、コリーン嬢を拘束したから未遂に終わり、被害はなかったけれど、腕輪にはどんな仕掛けがしてあったのかしら？　学院を閉鎖するくらいの何かがあったのかもしれない。怖いわよね。前の犯人も見つかっていないし、これからどうなるのかしら。でも、これ以上考えても私はあくまでも部外者。気にしない！　それよりも重要なことは朝食をどうするか、よね！

私はリーズと別れた後、着替えて街に出かけようとする……が、伝言魔法が飛んできた。

『ユリア様、魔法棟へ。昨日のことを詳しく聞きたいのです』

『先生、私はまだ食事をしていないのですが……』

『こちらで準備をしておきますのでそのままこっちに向かってください』

うわーん、泣いてもいいよね？　せっかくの休みを潰される予感しかしないんだもの！

私は不満を態度に表しながら魔法棟へ向かうことになった。

「先生、おはようございます」

ジャンニーノ先生の部屋にはブロル総団長と書記官が待っていた。

「ユリア・オズボーン伯爵令嬢、おはようございます。少しお話を聞きたくてお呼びしました。申し訳ありませんがお付き合いください」

「……ヨランド様にお聞きすればよいのでは？」

「えぇ、もちろん彼には昨日のうちに話を聞いております。もちろんユリア様がこの件に関わっているとは思っていません。あくまで目撃者の一人としての証言です」

「……」

ここにいるのは皆、敵なのか？　先生はパンとお茶を出してくれるけれど、とても食べる気にはならない。

私を巻き込んだヨランド様に恨み言の一つでも言いたい気分になってしまうわ。

私はボスンと令嬢らしからぬ作法で椅子に座った。

「で、何が聞きたいのでしょうか？　私はヨランド様に付いてきてほしいと言われ、図書室を出て先生に連絡を取りながらSクラスへ向かった。そして拘束されているコリーン嬢に睡眠魔法をかけて眠らせた。それだけですわ」

「コリーン嬢に睡眠魔法をかけたのはなぜですか？」

「目が血走っていて、泡を吹きながら唸っていて、今にも何かしそうだったから、です。本来なら拘束している騎士が行うものでしょうけれど、手一杯の様子でしたので」

「睡眠魔法をどこで知ったのですか？」

「先生に教えてもらいましたわ」

「いつも使っていた？」

「いつもではないです。錯乱している相手や大怪我をして動きが止められない相手に対してかけるものだと診療所で教わっていますし、数回しか使ったことはありません」

「先生というのはジャンニーノ王宮魔法使い筆頭ですか？」

「いえ、パロン医師です」

「ユリア様はパロン医師の元で働いているのですか？」

「いいえ。なぜその質問になるのか分かりませんわ。必要なのですか？　私は魔法の訓練のために診療所に行っています。ジャンニーノ先生の師匠ですし、パロン先生の話を聞きたいならジャンニーノ先生に聞けば良いのではないでしょうか？」

ブロル総団長はふむと納得したのかコリーン嬢の話に切り替えた。腕輪が何か知っているのか、とかね。私は全く知らないし、ヨランド様を呼びに来た生徒が腕輪の話をしていたから気になったとだけ答えた。

そこから3時間くらい何度も同じことを聞かれたわ。その間、何も口にしていない。

……疲れた。

ジャンニーノ先生はブロル総団長の尋問を止めるわけでもない。

「ユリア様、ご協力ありがとうございました」

「私の容疑は晴れましたか？」

嫌味のように言うと、ブロル総団長は少し困った顔をして謝罪してくれたわ。本当にそう思っているのかしら？　空腹もあってイライラしちゃう。駄目ね。いくらイライラしていても人にあたるのは違うわよね。ちょっと反省するわ。

「では私は帰ります」

「ユリア様、送っていきます」

「いえ、結構ですわ。ジャンニーノ先生もお忙しいでしょう？　一人で帰れます。では」

もう疲れていたので早くここから出たい一心で、すくっと立ち上がりそのまま部屋を出た。

はぁ、疲れた。

今日はもう何もしたくないわ。

街でパンでも買って寮でゆっくりしよう。

ふらふらと歩きながらパン屋でパンを買おうとしていたけれど、今日に限ってパンは売り切れていた。

……そうだ、学院が閉まっているからみんなパン屋に駆け込んだのね。この悔しさ、いつか晴らしてやるんだから!! 無性に暴れたくなる気持ちと戦いながら良い香りが漂うお店にふらりと入り、ようやく食事にありつけた。

……生き返るわ！ スープってこんなに美味しかったかしら!? 空きっ腹に流し込むスープに感動しながら食べ続けた。

「ふぅ、お腹いっぱい！」

満足げにお腹をさすっていると、クスクスと笑う声が聞こえてきた。

「君、面白いね。そんなにお腹が減っていたの？」

「朝から何も食べていなかったからとっても美味しかったわ！」

「そうなんだ。僕の名前はジョーン。君の名前は？」

私より一つ、二つ上に見える彼は裕福そうな服を着ていて、どこかいいところのお坊ちゃんのような雰囲気さえある。ここは警戒すべきところではないだろうか？

「なぜ答えなきゃいけないの？」

「え？　君が可愛いからさ。僕と一緒に遊ばないかい？　きっと楽しいと思うよ？　ほら、僕、お金持ちだし」

胡散《うさん》臭い、凄く胡散臭いわ！　私がついつい汚いものを見るような目をしてしまったのは仕方がない。

「……結構よ。お金には困っていないもの。他をあたって？」

断られるとは思っていなかったようで彼はとても驚いているようだった。私はそんな彼を無視して、お代を払って店を出た。

ジョーンという人は追いかけてくる様子はなかった。そんなにショックだったのかしら!?　今日はツイてないわ。学院が始まるまで部屋でジッとしていよう。

◆◇◆◇◆

〈ジャンニーノ視点〉

……まただ。苛立ちを覚える。

「ブロル総団長、またですか？　彼女の疑いは晴れましたよね？」

どうやら彼は、前回も前々回もユリア様がその場にいたため犯人の一人だと思っているようだ。

陛下からもユリア様を調べるように指示されているとはいえ、犯人扱いは違うだろう。なぜ重要参考人であるヴェーラ・ヴェネジクト公爵令嬢を調べないのか？　馬鹿馬鹿しい。俺はブロル総団長にそれ以上口をきくことはなかった。

コリーン嬢の取り調べをして発見したこと。それはアメリア嬢と同じ魔法使いが関わっているということだ。魔法使いはなかなか尻尾を出さない。王宮のお茶会で起こった事件とは違うようだ。あれはまた別、か。

幸いなことにユリア様がコリーン嬢を強制的に眠らせたおかげで、腕輪は起動途中で止まっていた。

アメリア・ハイゼン伯爵令嬢は魔獣に変化して元には戻せなかった。彼女たちが付けていたのは巧妙に禁術が仕込まれた魔道具だ。

魔道具を作るのはほとんどが魔法使いだ。魔法使いの痕跡を辿ろうとしても魔獣に変化した後では魔法円は消え、魔道具はただの装飾品になる。それゆえ前回は作成者まで辿り着けなかったが、今回は違う。

王宮魔法使い数名が数日かけて魔法使いの特定に全力をあげた結果……元王宮魔法使い筆頭であったジョンソン・リィツィードという男に行きついた。彼が一連の事件の犯人なのか？　彼は今どうしているのか誰も知らない。どこかの貴族の庶子だったようだが、公にされていない。彼自身、後ろ盾なく魔法使いとしての腕だけで筆頭になった者。禁術を使えても不思議ではない。

そして彼は10年前に王宮魔法使い筆頭を辞めて姿を消した。同僚だった奴の話では借金があったとか、女関係だったとか。あまり私生活は褒められたものではなかったようだ。彼を探し出せば主犯も分かるだろう。

それにしてもブロル総団長は何を考えているんだ？

ユリア様に対して、罪人への尋問に近いことを行っている。そもそも参考程度に話を聞くということだったのだが？　ヴェーラ嬢の方に騎士が本当についているのだろうか？

前回の事件からあれだけ時間が経っているのに騎士の方に動きがない。それにユリア様に対するあの尋問。

……何かあるのか？

警戒しておくに越したことはないな。

7章　ユリアの師匠

はぁ、ようやく学院が再開されたわ。来年度のクラス分けのテストが終わり次第、短い休暇に入る。家に帰る必要性を感じていないのよね。残念ながら休暇中は学生用の食堂も休みになる。寮はもちろんそのまま住んでいて構わないの。

「ユリア様、本日のテスト、頑張りましょうね！」

「えぇ、リーズも一生懸命頑張ったんだから次はきっとSよね！」

次はBクラスでもいいかもしれない、なんて思いながらフンフンと鼻歌が出てしまいそうになるのを抑えてテストに取り組む。もちろん間違うところを間違い、空白もしっかりと入れて号令と同時に提出する。

そうそう、Sクラスのメンバーのうち、殿下やヴェーラ嬢、クラーラ嬢は王宮で試験を受けたって聞いたわ。残念なことにコリーン嬢のことは分からない。禁術を途中で強制終了させてしまったからその反動が出ているのかもしれない。

「殿下の婚約者候補が狙われている」と、やはり学院の生徒たちからチラホラと話が持ち上がっているわ。それはそうよね。そして今回、王宮から最重要人物の名前が公表されたわ。ジョンソン・

リィツィードという人。前の生でも私の記憶には名前しか残っていない。10年前まで王宮魔法使いとして働いていたみたい。どんな人なのかしら？　時を戻る前は王宮魔法使い筆頭だったけれど、彼はいつも諸外国出向いていて会ったことはなかったわ。そんなことを考えているうちに休暇に入った。

今回は短い休暇なのでいつもの休みのような過ごし方をしているの。診療所に行ってお手伝いをして、エメの家で弟たちと遊んで、ギルドでお小遣い稼ぎをする。お茶会や舞踏会に参加しないって本当に楽だわ。

「先生、おはようございます。今日もよろしくお願いします」

「ユナ、体調はどうだ？」

「今日も元気いっぱいです！」

「そうか、良かった。今日もよろしく」

今日もパロン先生の元でお手伝い。シャツとズボンに帯剣し、ラフな格好をしている私。最近の王都付近は魔獣の出現は少なくて平和なようだ。

数人ほど軽い怪我人を治療した後は自由時間になってしまった。怪我人がいないのは素晴らしい。けれど、暇だわ。どうせ暇なら、とパロン先生に言って、午後からはエメの家に行くことにしたの。今日は弟たちと遊ぼうと思っているわ！

「エメ！　来たわ」

「お嬢様、お帰りなさい」

「マロンとレナは？」

「ふふっ。今部屋で本を読んでいるはずです。おやつを持って行ってください」

「分かったわ！」

私はフルーツを持って弟たちの部屋に入った。

「ユリアお姉ちゃん、お帰りなさい！」

「ただいま！　2人ともいい子にしていた？」

2人は本を机に置いて駆け寄ってきた。可愛い弟と妹。実の弟たちとは大違い。

「随分と難しい本を読んでいるのね？」

「うん！　僕は将来この宿を継ぐけど、父さんみたいに旅をしてから戻ってきたいんだ。それまでに色んな国の言葉を勉強しておきたいと思って」

「マロンっ。なんて素敵なの！　お姉ちゃんは感動しているわ。レナも難しい本を読んでいるわよね？」

「うん。私もお姉ちゃんに付いて旅に出てみたいの。お父さんは心配だって言うけどね！　お母さんみたいにお姉ちゃんの侍女になりたいわ！」

「なんて可愛い子たち。お姉ちゃんは感動しているわ」

毎回こんなことを言ってくれるエメの子供たちは可愛いに決まっている。血は繋がっていなくても大事な弟と妹よ！

マロンもレナもグレアムが休みの日に剣の練習をしている。グレアムとエメが忙しい時は２人とも家の手伝いもしているの。私が来た時は、私が２人の遊び相手や教師を務めている。そのおかげか、近所でも優秀な子供たちだと言われているみたい。

お姉ちゃん、鼻が高いわ！


今日も弟たちに言葉やマナーを教えた後、私はいつものように認識阻害の魔法をかけて、寮に戻るため宿を出て歩き始めた。

「やぁ、君、また会ったね！」

声を掛けられた私は驚いて振り向いた。

「あ、貴方はジョーン、様？」

「僕の名前を覚えていてくれたんだ！　嬉しいな。ジョーンでいいよ」

「私に何の用ですか？」

向き直って話を聞く。彼は屈託のない笑みを浮かべている。

「僕、ほらっ、この容姿だから断られたことがなかったんだ。僕の誘いを断った君のことが気になって、気になって」

「あぁ、そうでしたか。私は誰とも仲良くなりたいと思っていないので全ての人のお誘いを断っているだけです。では……」

「ねぇ、ちょっと、ちょっと待って？」

「何ですか？」

「君って優秀な魔法使いなんだろう？」

「？」

「なんで認識阻害をかけて街を歩いているの？」

私はその指摘に怖くなった。確かにそうだ。認識阻害をかけているにもかかわらず、彼は私だと認識した上で話しかけている。

「王都は治安が良いと言っても女性は狙われているからよ。使えるものは使って用心するに越したことはないわ」

「確かにそうだよね。上手に魔法がかかっているよ！　でも右足の方に若干ムラができている」

「‼」

私は驚いて右足に視線を向けたが、ぼんやりとしか分からない。

「目だよ。目に魔力を溜めて見てごらん」

私はジョーンの言ったことをそのまま実行する。目に自分の魔力を移動させ、足元を見る。すると魔力が右足の方だけ薄く、流れが蛇行している、かもしれない。

「本当だわ。凄い！　なぜジョーンはすぐに分かったの？」

「んー長年の勘？　魔法を使う人は多いけど、みんなは僕が指摘してもすぐに実行できない。君は将来優秀な魔法使いになると思うよ？」

「それは、ありがとう」

「面白いなあ。ねえ、僕がもっと魔法のことを教えようか？　暇なんだよね」

「ジョーンは私の魔法を見破る力があるのに王宮魔法使いじゃないの？　王宮で見たことがないわ」

「……ああ。昔、王宮魔法使いになっていたことがあるよ。王宮魔法使いって退屈なんだよね。僕、優秀だったからさ、長く王宮にいたんだけど、命令ばかりでつまらなくて辞めたんだよ。僕の辞めた理由が借金しただとか、違法賭博をしただとか言われているけど、あれ、嘘だよ。王家にも面子《めんつ》ってあるからね。まぁ、僕を悪く言うのは仕方がない」

どうやらジョーンは昔王宮で働いていたらしい。包み隠さずしゃべる様子から何か怖さを感じてしまう。それに、昔という割に彼は随分と若く見える。

「さっきそこの宿から出てきたよね。君の名前は？」

「……ユリアです」

そこまで見ていたのね。遅いかもしれないけれど、エメたちに何かあってはいけない。一気に緊張し、慎重になる。

「ユリアっていう名前なんだ。良い名前だね。で、今学院は休みなんだよね？　ちょうどいい。このまま魔獣を狩りに行こうか。学院が始まる頃には戻るし、大丈夫だよ」

「え、今からですか⁉」

「そうだよ。僕が面白い所に連れていってあげるよ。君ももっと魔法を上達させたいだろう？」

「え……？」

ジョーンが有無を言わさず私の手を取った瞬間、私たちはどこかへ転移した。ジャンニーノ先生の転移は見たことがあるけれど、それとはかなり違う。

「どう？　驚いた？」

ジョーンは笑顔で聞いてきた。

「ええ。詠唱もせずに突然転移するなんて見たことがなかったから」

「驚いてくれて良かったよ！」

「ところで、ここはどこなのですか？　……‼」

説明を求めようとして、眼前に現れた景色に驚愕する。だって、目の前の景色はリザードマンで埋め尽くされていたのだ。数千、数万はいるだろうか。まだこちらには気づいていない。私が以前住んでいた町の付近では到底ないわ。

「ここはゼッシュ国のディフィル山の中腹辺りかな。依頼があったんだ。ここなら君ものびのびと魔法を使えるだろう？」

「依頼？　私には関係ないわ!?」

「まぁ、そうも言っていられないんじゃ？　ほら、ユリアが大声を出すからリザードマンが気づいちゃったよ」

私が反論しようにもリザードマンが私たちめがけて襲いかかってきた。……仕方がない。近づいてくるリザードマンを攻撃魔法で倒す。

「そうそう！　手を抜いていたら死んじゃうからね」

ジョーンは笑顔で話しながら同じように敵を倒していく。あぁ、夢見の感覚を思い出すわ。帯剣していた剣や魔法でどんどん倒していく。だけど夢のように大きな魔法を撃ち続けていると魔力がすぐ底を尽くわ。私はできるだけ魔力の消費を抑えながら戦うことにした。

……数時間は戦ったかしら。

リザードマンの大半を倒してふぅと息を吐く。するとジョーンが私の隣に降りてきて結界を張った。

「ちょっと休憩しようか。やっぱり僕が思っていた通りだ。ユリアって凄いね。僕、嬉しくなったよ。こんなにリザードマンを倒せるとは思っていなかった」

「パロン先生のおかげです」

「パロン先生？」

「王都にある平民向けの診療所で治療している医師なんです。私はパロン先生の夢見の魔法で成長できたから……」

私が転がっているリザードマンの上に座ると、ジョーンはどこからか飲み物を出して渡してくれる。

「毒も薬も何にも入っていない。ただの果実水だから大丈夫」

私は念のため解毒、解呪魔法を通してから口に含んだ。

「つ、冷たくて美味しい」

「だろう？　で、君は夢見の魔法でどんなものを体験したんだい？」

「ずっと戦いに明け暮れる夢です。最初はスライムから始まって、目覚める前は何万もの魔獣と戦っていました」

「夢は自分の過去の記憶にあるものが出てくるはずだけど、君はその魔獣を知っていたんだ？」

「ええ。もちろん本で知っていました」

「なるほど。本で得た知識を元に倒せるのか」

ジョーンはうんうんと一人納得している。

「確かにこれだけの数を倒しても息が上がらない君は凄い。だが魔法はかなり雑だ。君には師匠もいるんだろう？　なんでこんなに雑なんだ？」

「師匠、ですか？　パロン先生は医者なので医術魔法や魔力の通し方しか教わっていないです。それにジャンニーノ先生からも魔法を教わっていましたが、学院に入るまでの期間でしたから……。魔法の先生はいないです」

「そうか！　君には魔法使いの師匠がいないんだ！　じゃあ、僕がなるよ！」

「え……。いらないですが」

「僕が師匠になるなんて滅多にないことなんだよ？」

「会って2度目でリザードマンの群れの中に落とす師匠、ですか？　それに私は自分で生きていけるだけの魔法があればそれでいいんですが……」

「魔法が上達して損はないよ。君なら伸びること間違いなしだ！」

押し切られるような勢い。まぁ、確かに強くなって損はないけど……。でもね、いかんせん怪しさ満載なの！　魔法をこれほど巧みに使っていて王宮に勤めた経験もあるのに、私と歳が変わらないような顔つき。どこかで何らかの罪を犯しているんじゃないか？　とさえ思える。

「ジョーンは何か禁術を使っているのですか？」

「禁術？　あぁ、この若さのこと？　それともこの間どこかの令嬢が魔獣化した道具を作ったこと？」

「え⁉」

「何で驚いているの？　あんなの簡単だよ？　ああ、間違った使い方をしたから戻らなかったんだよね。あれを渡した彼女は故意だよね」

「どういうことですか？」

「さ、休憩は終わり。気になるんだったらこれを終わらせてから話をしてあげる」

ジョーンはそう言うと立ち上がり、パチンと結界を解いた。否応なく戦闘の再開。どういうこと？　犯人はこのジョーンという人なの？　私は疑問に思いながらもリザードマンを討伐していく。

「その魔法じゃすぐ魔力が切れる。ここはこれを使えばいい」

その場でジョーンは詠唱なしの魔法を使い、倒し方を指導してくれる。

……悔しいかな、ジョーンの倒し方は理に適《かな》っていて魔力がスムーズに流れていくのを感じる。

魔力が枯渇する頃、ようやく最後の1匹を倒した。

「お疲れ様〜。いやーよく頑張ったね。普通の人なら半年はかかるよ。師匠として鼻が高い」

……疲れた。さすがに休みたいわ。

言葉を返す気力もなく座り込んだ。全身返り血を浴びた私は凄いことになっているに違いない。魔法で綺麗にしようにも魔力が底を尽いてしまっていてどうにもできない。

するとジョーンは私に浄化魔法をかけて抱き上げた。

「ジョーン⁉」

「ジョーン師匠だよ？　あぁ、大丈夫。弟子には優しいんだ」

ヒュンと転移した先はどこかの宿。ジョーンはそのまま部屋をとった。１つの部屋にベッドが2つ置かれている。

「今日はここで休もう。さすがに魔力をたくさん使ったから疲れたよね？」

部屋を出てしばらくして戻ってきたジョーンは、夕飯を持っていた。

「夕食を貰ってきたから食べよう。食べながらさっきの質問にも答えるよ」

「ジョーン、師匠？」

「なんだいユリア」

「師匠は何歳なの？」

「60を超えたところだよ」

「60⁉　でも若く見えるのはやっぱり魔法で？」

「あぁ、この容姿は魔術で失敗した反動で時が止まっているんだ」

「魔術で失敗？　禁術でも行っていたんですか？」

「んーまぁそうだね。昔は若かったし、色々なものに興味があったから。今はそこまで無理はしていないよ」

「怪しい」

「ははっ。まぁそれは置いといて。王宮でのことが知りたいんじゃないの？」

「そうですね」

「僕が直接関わったわけじゃないから詳しい話は知らないよ？　ただ僕は依頼されたものを作っただけ」

「どんな物を作ったんですか？」

「僕が作ったのは獣化できる魔道具で、もちろん人間にも戻れるものだった」

「私が倒した令嬢が持っていたのはネックレスでした。ネックレスに魔力を流して魔獣化して襲ってこようとしたからその場で倒したのですが……」

「ネックレス？　あぁ、あれか。隣国の闇ギルドにいたあいつならやりかねない。闇ギルドにいる奴等は欲にまみれた馬鹿だからね」

「師匠が作ったのはどんな物なのですか？」

「腕輪だよ。僕が作ったのは獣になる腕輪。ネックレスは模倣品だろうね。それに腕輪では魔獣にはならない。術式を改変していれば分からないけどね。もちろん僕が作った物は獣になったり戻ったりすることができる」

「腕輪の方なのかしら？　私、学院で腕輪に魔力を流して詠唱しようとした令嬢を、途中で眠らせて強制終了させてしまったんです」

「長い詠唱？」

「えぇ。何かブツブツと唱えていました」

「ふーん。興味あるな。今度聞きに行ってみようかな」

ジョーン師匠は面白そうに笑っている。

「さて、食事も済んだし、寝るまでの間にこれを読んで」

「え？」

どこからか出してきた分厚い本が5冊。

「鬼畜だ！」

「優しいと思うよ？　君の魔法を見ていると基礎ができていない。それに加えて詠唱なしで使っているから雑な魔法になっているんだよね。しっかりと基礎の理論を頭に叩き込んだ後、それにならって魔法を詠唱なしで使うと飛躍的に効率がアップするんだ。そのために必要なものだからね」

こんなに疲れているのに。今から本を読んでも頭に入ってこないわ。それなのに、いたって真面目な顔で話すジョーン師匠。

渋々本を手に取り、ベッドに寝っ転がりながら読む私。ウトウトすると容赦なく電撃が襲ってくる。

全然優しい師匠じゃない！

断言できるわ！

夜中までかかってなんとか読み終えた。そのまま意識を失うように眠ったのは言うまでもない。

翌日は少し遅い朝食を摂り、どこに行くのか聞いてみた。

「師匠、これからどこに行くのですか？」

「んードラゴンの卵を取りに行こうかと思っていたけど？」

「え？」

「いや、だからさ、ドラゴンの卵を取りに行くよ」

「なぜ？」

「美味しいからに決まっている。大きくて食べ応えがあるんだよねー」

笑顔の師匠は私をドラゴンの巣の近くにポイッと転移させ、私は泣く泣く卵を取りにいく羽目になった。えぇ、もちろんドラゴンは大激怒でしたよ。認識阻害や無臭の魔法をかけていたけれどドラゴンには全く効果がなかった。ただただ卵を持って走って逃げてくるだけ。全力で逃げた先に師匠がいて「馬鹿なの？」って笑われてしまうし。

　今までの生活がガラリと変わったのは間違いない。

　日が高いうちは魔獣の討伐。夜はフラフラになるまで勉強。今までこんなにハードな生活をしたことがなかった私にはとっても新鮮だった。なんだかんだでジョーン師匠は面倒見がいいようだ。

　数日一緒にいて人となりは分かったような気がする。

「師匠、明日から学院が始まります」

「そっか。じゃあ一旦寮に戻る方がいいね」

「修行も終了ですか？」

「え？　何言っているの？　学院は午前授業だけだよね？　午後から修行だよ」

「どこで修行するんですか？」

「あーそうだね。これを使って」

　師匠から渡されたのは一つの鍵。何の変哲もない鉄の鍵。

「この鍵をどう使うんですか？」

「あぁ、これをこうやって差してガチャッと回せば開くから大丈夫」

　何もない空間に鍵を差し込む⁇　私は分からないまま師匠の見よう見まねで鍵を空間に差し込んで回した。すると扉が現れて、ノブに手を掛けて回すと今度は部屋が現れた。部屋に1歩入るとどこか山小屋のような造りになっていた。

テーブルと椅子がある。キッチンやトイレ、シャワーが小さいながらも付いていた。テーブルに花が飾られていて窓から山と花畑が見える。

「……素敵」

「勉強するにはもってこいだよね。あぁ、でも外に出ると危ないから。ドラゴンクラスの魔獣がウヨウヨしているから慣れるまで出ないようにね」

ドラゴンクラス⁉　ここからの景色はのんびりと穏やかそうに見えるのに⁇　でも、師匠のことだからそうなんだろうと思う。なんせこの部屋も魔法の鍵で開くおかしな代物《しろもの》なんだし。

「さぁ、行き方も分かったよね？　じゃあ、明日からここに来るように」

「分かりました！」

「あぁ、それと、この鍵は必ず首から下げて誰にも話をしないようにね」

「もちろんです！」

それから私は師匠に寮まで送られた。短期間だったけれど、人生が一変してしまうほどの経験をしたわ。リザードマンの群れに叩き落とされるとか、ドラゴンに追いかけられるとか、眠りこけながら魔法円を覚えるとか、初めてのことばかりで興奮が収まらない。将来は学院を出たらすぐに冒険者になろうかとも思っていたけれど、最近は師匠の元でもう少し勉強しても良いかなとも思う。

そうこうしているうちに学院が始まり私は2年生になった。

「ユリア様！　Sクラスになりました！」

「リーズ、凄いじゃない。おめでとう！」

「ありがとうございます。えっと、ユリア様は、Aクラス、ですね」

少し言いにくそうにしているリーズ。私は大満足なの。点数もAクラスの中間よりやや上。

さすが私！

素晴らしい結果を出せたわ。

「えぇ、そうね。ふふっ。気を遣わなくていいわ。私は十分満足だもの。嬉しくて仕方がないくらいよ？　あぁ、でもリーズとクラスが離れて寂しいわ」

「私も寂しいですっ」

「クラスが離れてもこれからも仲良くしてほしいわ」

「私もです!!」

「じゃあ、行きましょうか」

私たちは2年生の棟へ向かった。

「じゃあ、また後でね！」

私たちはクラスが違うので手を振って別れた。Ａクラスはリーズを含めた数人が入れ替わった感じだけれど、あまり変わっていないようで少し安心したわ。リーズの方が大変かもしれない。だって、あの令嬢たちがいるクラスだし！　今日ばかりは授業がないので挨拶だけして帰ることになっている。あ、忘れず食堂に昼食を摂りに行くわ。

こうして私は食堂で軽食を持ち帰り、寮に戻った。このままパンを持ってあの部屋に行けばいいわよね。カップや皿をしまう戸棚もあったし、あっちで食べていれば師匠も来るはずよね。鍵を使って、軽い気持ちで私があの部屋に入ると、テーブルの上には山積みの本があった。

……クッ。分かっていたわ。

そうよね、今の私に必要な知識なのよね。私はパンを齧りながら泣く泣く本に立ち向かった。

◆◇◆◇◆

〈ジョンソン・リィツィード〉

面白い娘を見つけた。

本当にたまたまだったんだ。その時は可愛い子に声を掛けてちょっと遊ぼうと思っていた。そうしたら、僕は取りつく島もなくあっさり振られた。それだけなら全然気にしないんだけど、次に会った時、彼女は認識阻害の魔法をかけていた。街で認識阻害をかけながら歩いている人なんてそういない。面白そうだと僕の直感が告げていた。

どんな人だろうかと魔眼で確認すると前に声を掛けたあの子だった。若いのに完璧に近い認識阻害魔法。

僕が声を掛けると驚いていた。そして僕から逃げることはできないと思ったのだろう。抵抗せずにいる。賢いね。彼女はどこまで魔法が使えるんだろう？　僕はちょっとワクワクしながら力量を測ろうと思ってリザードマンの巣窟へ連れて行った。

リザードマンは固い表皮に覆われていて防御力が高い。中級冒険者にとっては1匹でも倒すのに時間がかかる。それなのに彼女は文句を言いながらも難なく倒し始めた。剣で斬りつけて傷口を作り、その傷口に詠唱なしで魔法を打ち込む姿を見て驚いた。

こんな使い方をする人を見たことがなかったから。聞いたところ全て自己流のようだ。幼い頃に夢見でずっと戦闘していたのだとか。

もしかして彼女が、時を戻ったきっかけのユリア・オズボーンなのか？

彼女の話しぶりから感じたのは、なぜ夢見の中にいたのかという話題をそれとなく避けていること。まあ、あの魔法は心に傷を負った者を夢のまま死に向かわせるものだし。よく生還できたなと思う。彼女の側には支える者がいたんだろうな。

ちなみに、時戻りをした時の記憶があるのはランドルフと彼女、ユリア・オズボーン、それと僕、ジョンソン・リィツィードの3人だけ。ランドルフの魔法が成功したのは僕が手伝ったから。その時に僕にも記憶が残るようにちょっと細工をしたんだ。ユリアはとっても真っ直ぐな子だ。ランドルフが命を懸けても彼女を救いたいと言ったのも頷ける。

時間が戻る前、僕は外交という理由を付けて色々な国に遊びに出かけていた。僕がいない間にランドルフはヴェーラ・ヴェネジクトという娘の言葉巧みな罠によって魔道具を外され、魅了魔法と隷属魔法により支配されていた。

ヴェーラ嬢は彼の婚約者であるユリアを虐げ、罪をでっち上げて公開処刑にしたらしい。魅了魔法で洗脳され、隷属状態にあったとはいえ、彼はずっと抵抗し続けていたようだ。僕が王宮に戻った時、ランドルフは魂が抜け、人形のようになっていた。魅了魔法や隷属魔法を見抜けない馬鹿な王宮魔法使いはいらない。僕は彼らを一掃した後、ランドルフの魔法を解いた。

だが既に彼の心は壊れていた。魔法を解いてからの彼はブツブツと何か独り言を喋り、叫び、発狂してのたうち回り、手が付けられない状態だった。

そして、それを誰も止めようとしなかったんだ。僕も見ていて居た堪れなかったよ。彼からそうなった理由を聞くのにさらに半月はかかった。

もちろん彼から聞き出した後、王太子妃となっていたヴェーラ嬢を捕らえた。王太子の元婚約者殺害の主犯、王太子に魅了魔法をかけたこと、その他の余罪も全て明らかになり、死よりも辛い永遠の地獄とされる永久結晶化の罰が与えられた。

そして彼の心の治療が始まった。もちろん主治医は僕だ。治療の中で彼はこんなに不甲斐ない自分が許せない、戻せるものなら時を戻したいと何度も言うようになった。ランドルフは、自分とユリアが幼い頃から信頼し合い、生涯支え合って生きていくのだと考えていた。

だが、自分の命令でユリアの身も心もズタズタにしてしまった罪悪感と、愛している者が傷つく姿を目の当たりにしたショックで心を病んだらしい。彼にとってユリアは唯一無二の存在。それだけユリアのことを深く愛していたんだろう。

だから僕が教えてあげたんだ。

王族の秘術を使えば時間を戻せるよ、と。

そして彼は僕の協力の元で一心不乱に難しい魔法円を完成させ、自死と引き換えに時間を巻き戻すことに成功した。

僕は時間が巻き戻ってからすぐに、王宮にいた使えない魔法使いたちを徹底的に潰し、追い出した。おかげで僕は王宮から追い出されたけどね！　今の王宮魔法使い筆頭はよく頑張っていると思うよ？　僕の足元にも及ばないけどね。

そしてランドルフが一番憂いていたヴェーラという子。幼い間に消してしまおうかとも思ったんだけど、罪のない子を消してしまうのは僕の流儀に反する。そしてランドルフ自身が解決するべき問題だと、あえて手を出さずにいたんだ。まあ、そのせいでこっちにとばっちりがきたんだが。

……結局あの子は心が壊れたまま元には戻らなかったか。


ユリアが寮に戻ったのを確認すると、僕は王宮へと向かった。

「やあ！　君が今の王宮魔法使い筆頭だっけ？」

「君は？」

「僕？　君の探しているジョンソン・リィツィードだよ」

そう話した瞬間、彼は魔法円を展開し僕を拘束しようとした。

「んーこの魔法円、僕が考えたんだよね。不具合が修正されていないみたいだ。当時から君を買っていたのに残念だよ」

「どういうことだ？」

「ランドルフに聞いてみればいいじゃないか。僕が出奔《しゅっぽん》した理由。何？　まだ僕が賭博で借金抱えて逃げるように去ったなんて話を信じているの？　君もまだ子供だね」

「……」

魔法円をその場でパキンと割って見せる。彼はとても驚いているが何か別の手はないかと同時に考えているようだ。あの当時の魔法使いたちもこれくらい思慮深ければ、ね。当時も彼は将来の有望株だったな。しっかりと魔法を教える者がいない中、頑張っている方だ。まだまだ未熟の一言に尽きるけどね。

「ああ、僕が来た理由なんだけど。僕が作った魔道具の模倣品で令嬢が魔獣に変わったんだろう？　腕輪を着けた令嬢も目覚めていないんじゃないかなって。ユリアから聞いてさ」

「……ユリア様から？」

　彼女の名前を出した途端、筆頭君は手を止めた。あぁ彼女の先生だったたんだっけ？　自ら考え、聞く耳を持つのはいいことだね。

「ああ、僕は犯人じゃないよ。依頼されて作った物を悪用した人がいる。ただそれだけさ。あと、王宮のお茶会で魔獣を呼ぶ魔法円を描いたのはゲルフという男だ。彼はブレンスト公爵お抱えの禁術魔法使い。それくらいはしっかりと調べておいてほしかったんだが。まあ、仕方がない。それができるのは僕くらいだろうからね」

　悔しそうにしている筆頭君。その若さで十分頑張っていると褒めておきたい。

「で、ジョンソン・リィツィード元王宮魔法使い筆頭様はどのようなご用件でここに？」

「さっきも言ったように腕輪の魔法が発動した時、ユリアが強制的に眠らせた。彼女はまだ眠っているんだろう？　様子を見にきたんだ。眠り姫はどこかな？」

「私が教えるとでも？」

「あぁ、教えなくても構わない。だが、ユリアが気にしていたから彼女のためにね」

「先ほどから貴方はユリア様のことをユリア、ユリアと呼び捨てにして。何なのですか」

筆頭君は苛立っている様子。これは面白い。

「ああ、僕？　ユリアとは仲がいいんだよねー。２人でよくデートしているんだ。宿だって一緒に泊まる仲だよ」

クスクスと笑いながら答えてあげる。まぁ、嘘は言っていない。どう取るかは彼次第だが。

彼は怒りで僕に無数の氷の矢を射ってきた。

「攻撃したって無駄だよ。君の矢は弱い。本来、氷の矢にはこうやって魔力を通すんだ」

彼の放った矢を寸前で止めて僕の魔力を被せて彼に返す。もちろんギリギリを狙うだけだ。その威力に自分との格の違いが理解できたようで彼は何も言い返さなくなった。

「君は優秀だよ？　これからもっと伸びる。さあ、眠り姫の所に案内してくれ」

「私が案内するといつ言いました？」

「ああ、別に君に頼まなくてもランドルフに頼むからいいよ。彼の魔法を手伝ったのは僕だし、彼なら協力してくれるだろう」

「……こっちです」

不機嫌な態度を取り繕うこともなく歩き始めた筆頭君。からかうのはこの辺にしておくか。僕は鼻歌を歌いながら彼の後をついていく。

王宮の客室でも一番奥にある普段人が来ないような場所に、眠り姫ことコリーン・レイン嬢がいた。僕は寝ている彼女の目を開けたり、魔力を通したりして、どのような状態にあるのかを確認する。

「ジャンニーノ君、腕輪は持っているかい？」

「……ここに」

僕は差し出された腕輪を確認する。

「ふむ。やっぱりな。おかしいと思っていたんだよね」

「おかしいとは？」

「この腕輪はもともと使用者がイメージした獣になる腕輪だ。もちろん元にも戻る。だが、腕輪のこの部分をよく見て？　魔力を通すと、浮き上がる文字の下にも何か書かれているだろう？　改ざんされているんだよ。だから長い詠唱が必要だった」

「長い詠唱ですか……」

「この腕輪を使ってみせる時にそう教えられたんだろう。まあ、彼女は騙されたわけだ。解毒魔法が書いてあるとでも言ってね。改ざんされた腕輪を知らずに着けて詠唱をしようとしたところをユリアに止められたんだろうね」

「アメリア嬢が魔獣に変化したのを目の当たりにしていてもやるものなんでしょうか？」

「さぁね？　起こして本人に聞いてみればいいんじゃない？」

途端に彼は難しい顔をする。

「仕方がない。そこの衛兵、死刑を待っている罪人を一人連れてきてくれ」

「まさか……？」

「君が生涯眠りにつくならいいけど？」

彼女は今のままなら生涯目覚めることはない。強制的に魔獣化を止めた代償で、起きるには誰かに代わってもらうしか方法はないんだよね。

しばらくすると衛兵に引きずられるように連れてこられた罪人。僕は彼の額に術式を施し、コリーン嬢にかかっている魔法を彼に移した。

「さて、これで目覚めるだろう。僕の仕事はここまで。後は君が頑張ってくれ」

彼は黙って僕の魔法を見ていたが、一言聞いてきた。

「貴方はどこまで知っているんですか？」

「んーどこまでだろうね？　推測はできるけど全部じゃない。僕も国を離れていたからね」

彼は何かを考えた後、口を開いた。

「……ご教授願えませんか?」

「僕、ユリアと遊ぶのに手一杯なんだよね。君はまずこの問題を解決してからだろう?」

「では、解決した後にお願いします」

「んー考えておくよ」

僕はそう言って部屋を出た。これだけ答えを教えてあげたんだ。あとは彼が頑張ってくれるだろう。

8章　謀反と彼女の死

「あ、師匠！　どこに行っていたんですか」

「んーちょっと所用さ。それよりも僕が出していた課題は終わった？」

「終わりましたっ！　でも、ここがよく分からなかったんですよね」

「あーここか。ここはさ、立体にして魔力を通してみれば動きが分かるから理解がしやすくなる」

「!!　凄い！　本当だ」

私はいとも簡単に解いてみせる師匠に感動する。

「さて、課題も終わったし、狩りに出かけるよ」

「はい！」

師匠と小屋から出た私はすぐに後悔することになった。

見たこともない魔獣が闊歩している。

「師匠、あれ本当に倒すのですか？」

「そうだよ。本日の晩ご飯だ」

「……食べられるんですね」

見たこともない魔獣だったが、師匠の助けを借りながらなんとか勝った。

「まあ、初めてだし、こんなもんかな」

「……」


そうして午前中は学院に、午後は師匠の元へ向かうのが日常になっている。もちろんエメやパロン先生には魔法の勉強をしているから当分行けないと話をしてある。

最近は毎日が充実している感じがするのよね。1年の頃も充実していたけれどね。師匠から色々教えてもらって、魔法って面白いものだと知ったわ。もっと覚えたい、もっと使ってみたい。今はそう思える。

クラスの方はというと、変わりなくのんびりと過ごしているわ。たまに居眠りだってしちゃう。リーズのいるSクラスはというと、理由は分からないけれど、ランドルフ殿下はたまにしか登校しないみたい。

婚約者候補の2人もたまにしか学院に来ていないわ。まだ犯人が捕まっていないからっていう話だけどね。

コリーン嬢はというと退学になってしまったの。もちろん婚約者候補も辞退したとかどうとか。

まぁ、そうよね。問題を起こしてしまったわけだしね。今は領地でゆっくりと過ごしているらしい。取り巻きたちも前ほどつるむことがなくなって学院は穏やかになってきているみたい。

Sクラスで唯一平民の女の子リーズは、もともと人懐っこいところがあるし、すぐにクラスに溶け込めたらしい。たまにヨランド様が話しかけてくると言っていたわ。マーク様は年下の婚約者が決まり、ぎこちないながらも婚約者を大切にしている姿が見えるのだとか。ランドルフ殿下に婚約者ができないから側近も婚約者は要らないというのはなくなったのね。

私の方はというと、ジャンニーノ先生から連絡は全くない。正式に婚約者になったって話は聞かないし、家から何も言ってこないし、このままでいいのかどうなのか。よく分からないけど、藪蛇になりそうなので放置している。

楽しい毎日。

このまま卒業までいけるといいな。


そう考えていたけれど、それは突然やってきた。

「ユリア様、助けて‼」

リーズが飛び込むようにクラスへと入ってきた。

「どうしたの⁇」

「ヴェーラ様が暴れているの‼　護衛騎士が怪我をして、誰も止められなくて、みんなが死んじゃう！」

パニックになっているリーズをよく見ると、リーズも血を流している。

「リーズ、動かないで！」

私は急いでリーズに治癒魔法をかけた。

「ユリア様、ありがとう。興奮して気づいていなかった」

目に涙を溜めながら泣くのを堪えているリーズ。

「誰か、リーズを医務室に連れていってちょうだい」

私はすぐにジャンニーノ先生と師匠に伝言魔法を送り、ヴェーラがクラスで暴れて怪我人が出ていることと、今から自分がSクラスへ行き、対処できるかどうか見てみることを伝えた。

……あの女が暴れる？

そんなことが本当にある？

癇癪《かんしゃく》の激しい女だと思ってはいたけれど、まさか、ね。

私は疑問を感じながらも周囲の騒然としている状況に、気がつけば走り出していた。師匠からすぐに返事がくる。

『今、別の場所で暴動が起きていて対処中なんだ。そっちに応援を向かわせるからなんとか頑張って。敵陣に突っ込む場合は自分に結界を常に張っておくのを忘れないように』

良かった。応援が来てくれるのね。少し気持ちが楽になった気がする。

私が廊下に出ると、悲鳴が聞こえてきた。Ｓクラスから悲鳴と共に逃げてくる人たち。中にはリーズのように血を流している子もいる。流れに逆らうようにＳクラスに向かう私。結界を張ってクラスに突入する。

……なんてこと。

クラスでは椅子や机が倒され、血が飛び散り、凄惨な状況だ。倒れているのは５人。息があるのか、死んでいるのかも分からない。その中でただ一人、中央に立っている血まみれの女がいた。

ヴェーラだ。

「…はは っ。アハハッ！ ……でしょう？ 殿下！ ランドルフ、殿下！」

何かをブツブツと呟いている。そして奇声を上げて笑い始める。

これがあの女??

何が起こったの？ 気が狂っているようにも見える。

「ヴェーラ!! 動くな！」

私は自分を叱咤するように大声でヴェーラに拘束魔法を打つ。

「ギャッ!!」

拘束魔法で倒れたヴェーラ。今のうちに。私は急いで倒れている人たちに治癒魔法をかけていく。

お願い、間に合って……。

「大丈夫、大丈夫だから」

必死に声を掛ける。瀕死の状態からはなんとか脱した3人。2人は残念ながら息絶えていた。

「早く逃げて‼」

3人は血を多く流した分動くのも辛そうだ。ヨロヨロと一人、また一人と部屋を出ようとしている。私が一人を支えて逃そうとしている間に足元に魔法円が浮かび上がった。

「ユリア様！　大丈夫ですか？」

「ジャンニーノ先生‼　ヴェーラが！　ヴェーラが……」

「辛かったでしょう。後は私に任せてください」

先生はそう言うと、拘束しているヴェーラに魔道具を取り付けた。

「ぎゃぁぁ！」

取り付けた魔道具に痛みを感じるのか声を上げている。足掻くように体を動かしているヴェーラ。目が血走り呻き声を上げ、興奮して魔力を放出しようとしている。が、魔道具が抑えているようだ。

……あの魔道具がなければこの部屋は吹き飛んでいたかもしれない。あそこまで興奮していると手加減してはいけないのだと感じる。

私は騒ぎを聞いて駆けつけた学院の教師に治療した人たちを任せ、先生の元に向かう。先生の後から王宮魔法使いが転移魔法で5人ほどやってきて、先生に城の様子を報告していた。ここでヴェーラが暴れたと同時に王宮でも何かあったようだ。

もしかして師匠は王宮の方で戦っているのかもしれない。

私が考え事をしている間、ジャンニーノ先生は他の魔法使いと一緒にヴェーラを魔法で完全に抑え込んだ。

……魔力の封印。

2人で魔力を抜き取り、あとの3人で魔力の封印を行っている。凄いわ。

師匠から教えてもらった本でしか見たことがなかった。滅多に使うことのない魔法だと書いてあったの。私の前の生でも使われたことはなかったわ。

魔力を力ずくで抜かれる痛みなのかヴェーラは叫び声を上げている。私はただ見ているだけしかできなかった。

「ユリア様、終わりましたよ」

魔法使いのうち2人はヴェーラを抱えてどこかへ転移していく。呆然と見送る私にジャンニーノ先生は微笑み浄化魔法をかけた。残りの3人は亡くなった人や怪我人の治療をするために動き始めた。

「ここは血で汚れている。とにかくここから移動しましょう」

先生は私の手を取り、転移した。


「……こ、こは？」

「ジョンソン・リィツィードの部屋です」

「ジョンソン・リィツィード？」

「彼は元王宮魔法使い筆頭。10年前、王宮から突然失踪しました。借金があったとも女と逃げたとも言われています」

「そうなんですね。でもなぜそんな人の部屋が今でも残されているんですか？」

「そこが不思議なんですよ。ここの部屋はランドルフ殿下の指示で残されています」

「そうなんですね」

「それに彼は謎が多い。今、王宮で謀反を起こした者がいて彼が対応中です」

「元王宮魔法使い筆頭が？」

「どこからかフラリと現れて、ユリア様を連れてこの部屋にいるように指示がありました」

??

ここにいるように指示された？

私と関係があるの？

今回の事件と王宮で起こった事件に関係があるから？

私は先生の言葉を不思議に思いながらソファに座り、待つことにした。

「ユリア様が無事で良かった」

「私はあの程度では怪我しませんよ？　強いですから」

「無理は禁物ですよ」

先生はどこか怒った表情だ。そんなに無茶はしていないはずだけど……？

「……それにしても、ユリア様。ジョンソン殿とどのような関係なのですか？」

ん⁇　やっぱりジャンニーノ先生は怒っているようだ。

「えっと、ジョンソン様？　元王宮魔法使い筆頭が私の知り合いなんですか？」

思わず質問を質問で返してしまったその時。

「その答えは僕を見れば分かるだろう？」

「師匠‼︎?」

「……師匠？」

ニヤニヤと笑うジョーン師匠。明らかに眉を顰めたジャンニーノ先生。

「どういうことですか？　ジョンソン殿？」

「見ての通りだよ。僕はユリアの師匠になっていてね。魔法を教えているんだ」

いたずらがバレた時のような笑顔になっている師匠。

「ユリア様？　貴女に師匠ができたと聞いていませんが？」

「えっと、これには、深いわけがあって……。突然拉致されてそのまま訓練に入って……」

「ふぅん？　拉致されたのに師匠、ですか？」

「えっと、最初はなるつもりもなかったんですが、成り行き上？　というか魔法のレベルが違いすぎて、ね……」

ジャンニーノ先生とのやり取りを師匠が諌めるように口を開いた。

「こらこら、2人とも。話はそれくらいにして。ジャンニーノ君がしっかりとユリアを教えていないからこんなことになったんだろう？　君にも責任があるんじゃないか？　ユリアが育っていれば問題もこんな大事になることはなかっただろう？」

「……私の力不足ですか？」

「さぁね？　さて、雑談はここまでだ。ユリア、怪我はないか？」

「もちろんありません。師匠、先ほど対処していたというのは王宮の暴動の話だったんですね」

「そうだよ。ブロル総団長は知っているね？　彼が謀反人だった」

「……なぜですか？」

師匠から詳しく聞きたくて質問をする私。師匠は肩をすくめる。

「さぁ？　ランドルフが王太子を降りることになったというのが理由らしい。本当かどうかはこれから調べていくだろうけどね」

「ランドルフ殿下は王太子を降りるのですか？」

「うん。あの子は疲れきっている。君を助けるために命を懸けたけど、君と同じように彼もまた心が壊れてしまっているんだ」

「……そ、んな」

彼もまた同じように……。ヴェーラによって心を壊されていた？

時が戻ってからもずっと彼の側にはヴェーラがいた。私は時間が戻った理由も考えず、彼を避けて、話しを聞くこともしなかった。

「ジャンニーノ君が半年前からランドルフを治療していただろう？　でも、効果はほとんどなかった」

「ええ、残念ながら」

ジャンニーノ先生は少し不満げな顔をしながらも答える。

「時を戻る前の彼は魅了された後、隷属させられ、意識はありながらも抵抗できない状態のまま、ヴェーラの言う通りにユリアを処刑した。彼なりに必死で止めようとあがいていたんだ。だから僕は手を貸した。時間が戻っても過去の記憶は消えない。どう乗り越えるか、最後の最後は自分たち次第だ。ユリアは夢見の魔法を使い、支える者のおかげで戻ってきた。だが彼は、彼を本当の意味で支えてくれる者はいなかったから」

「……そう、なんですね」

「まぁ、暗い話はここまでだ。ジャンニーノ君はこの後の処理が待っているだろう？　さぁ、ユリア。行こうか」

ジャンニーノ先生は黙って師匠の指示に従うようで頭を下げた。師匠の言葉と同時に浮かび上がった扉。師匠は私の手を引いて部屋に入る。

いつも学院後に来ていた部屋。柔らかな光が射していてどこか懐古的な感覚がする。

「師匠、私はここで何をすれば良いのですか？」

「全てのことが解決するまでここにいることになるね。その間、君はこれを勉強しておいてね」

まだまだ私には覚えることがたくさんありそうだ。私がここに匿われているということは、私が狙われている可能性が高いのかもしれない。確かブロル総団長が謀反を起こしたと言っていたし。

私が過去の話をしたことが引き金となっているのかもしれない。

学院のことや王宮のことが気になるけれど、情報を得る手段は師匠やジャンニーノ先生に頼るほかない。師匠はコポコポとお茶を淹れて優雅に飲んでいる。

「師匠、私はいつまでここにいればいいんですか？」

「さぁ？　学院が再開するまで、かな？」

「いつ再開するんでしょうね。それに今王宮はどうなっているのですか？」

「詳しくはジャンニーノ君に聞くといいよ。まぁ、彼は当分忙しくなるだろうからいつ君に話をするかは分からないけどね」

◆◇◆◇◆

〈ジョンソン・リィツィード視点〉

『ジョンソン殿、ブロル総団長が数名の魔法使いと一部の部下を率いて王宮を武力で制圧しようとしている模様。現在、残りの騎士団、魔法使いを緊急招集し、対応にあたっています』

『分かった。すぐに対応しよう。ジャンニーノ君、魔法使いは何人寝返った？』

『王宮魔法使いの中に裏切った者は3名います』

『じゃあ、全力でいっても問題ないね。今すぐ向かうよ』

『お手柔らかにお願いします』

　僕は突然入ってきたジャンニーノ君からの一報ですぐに王宮内部の情報を探る。ユリアのおかげで10年ぶりに自室に戻ってこられたと思った矢先にこの騒動。……まったく。王宮魔法使いも質が落ちたもんだ。嘆かわしいよ。王宮で魔物が湧き出した事件。あの時点で犯人や裏で糸を引いていた者を捕まえていればこんなことにならなかっただろう。若いジャンニーノ君一人ではまだ荷が重かったか。

僕は詠唱をし、現在の王宮の状況を確認する。国王陛下は執務室。王妃陛下はレナード殿下と共に王族の居住区にいる。ランドルフは執務室か。敵はランドルフの方には向かっていないようだ。まず彼らの狙いは国王陛下だろう。ジャンニーノ君は寝返った騎士を後ろから捕縛していっている様子。僕は敵の状況を確認した後、陛下の前に転移した。

「お久しぶりです陛下」

「ジョンソン、戻ったのか」

「話は後で」

陛下が隠し通路を使い、避難を始めようとしていた時、ふわりと床からゴーレムが湧き出した。

「……ランドルフか」

陛下は渋い顔をしている。ランドルフが使用しているのは古代魔法の一種で、魔力の多い王族にしか扱うことができない代物だ。家族を守るため、とはいえやりすぎだ。

「陛下、王妃陛下とレナード殿下と共に避難をお願いします」

「息子は、ランドルフは……」

「……彼の心は擦り切れ、このままでは死ぬでしょうね。この魔法からでも理解できるでしょう？　彼を休ませるべきですね。さあ、避難しますよ」

僕の言葉に陛下は頷いた。そして陛下と王妃陛下、レナード殿下を例の小屋に転移で避難させた。

「しばらくここで待機をお願いします」

「ランドルフ、ランドルフは大丈夫なの？」

息子の心配をしている王妃陛下。僕が答えようとした時。

『師匠！　あの女がSクラスで暴れているみたいなんです！　怪我人が何人か出ている状況です』

……チッ。ユリアを警戒し、学院の方でも問題を起こして、王宮へ来させないようにしたのか。

僕はすぐにジャンニーノ君に連絡を取った。

『ジャンニーノ君。ユリアから連絡が来たよね？　すぐに何人か魔法使いを連れて向かってくれ。相手はヴェーラの魔力を暴発させる気だ。王宮は僕が対応する』

『分かりました』

僕はブロル総団長の元へそのまま転移した。そこは陛下の執務室前の廊下だった。転移したその場で、僕は誰かが言葉を発する前に範囲魔法を展開する。

敵も味方も関係なく、その場にいた者たち全てが意識を失いふわりと浮かんでいる。ただ一人を除いて。

「さすがに魔法使いの君は残ったか。さて、分が悪いのは分かっているのかな？　おとなしく捕まってくれると助かるんだけど」

敵の魔法使いはチッと舌打ちをしながら即死魔法を打ってきた。が、もちろんその場でかき消す。即死魔法が効かないことに敵の魔法使いが焦っている様子が窺えた。

「俺は公爵からの指示に従っているだけだ。俺は悪くない」

魔法使いは言い訳をしながら反撃する隙を探しているようだ。

「僕も急いでいるんだよね。後で話を聞くことにするよ」

有無を言わさず風魔法を彼に当て意識を刈り取り、全ての魔法を解いた。

「大丈夫ですか？」

「ああ、謀反人を押さえた。連れていってくれ」

「かしこまりました」

……そろそろランドルフが限界だ。急がないと。僕はそのままランドルフの元へ転移した。

9章　彼の心と一連の犯人

　この小さな小屋で生活すること半月。

　学院もようやく落ち着いたと師匠から聞かされた。

「明日から学院が再開するようだよ。Sクラスは当分の間閉鎖。今までSクラスにいた子たちはAクラスで一緒に授業を受けることになるんだって」

「そうなんですね」

　またリーズに会えると思うとちょっと嬉しかったけれど、Sクラスの人たちはどうなのかしら？　きっとあの騒動で心に傷を受けたはずよね。数名は退学しているかもしれないわね。

「学院に出るかどうかはともかく、一度、伯爵家に戻った方がいいですか？」

「伯爵から連絡はないんだよね？」

「はい。連絡一つないです」

「相変わらず君に関心はない、か」

　血の繋がった家族からは結局、学院で襲撃が起こったにもかかわらず、連絡一つなかった。エメやパロン先生たちはすぐに連絡をくれたし、私も伝言魔法で無事を伝えたわ。

「ああ、あとこれね。君は関係者だから必ず出席しなくちゃいけない。となるとやっぱり家には帰った方がいいだろうね」

師匠が渡してきた手紙。内容は、王宮から犯人たちの罪状を告げるので出席するようにというものだった。一連の事件がようやく解決するのね。


これからのことを考えながら足取り重く小屋を出て、自分の家に向かった。

「お帰りなさい、お嬢様。すぐにお部屋の方へ」

「分かったわ」

玄関で待ち構えていた侍女たちに連れられて自分の部屋に入る。舞踏会とは違うため時間もあまりかからないはず。侍女たちによってあらかじめ選ばれた数着の中から今日着ていくドレスを選んだ。華美にならないものを選び、髪もしっかりと編み込み、化粧もばっちりだ。

「傾国の美女とはお嬢様のことですね！」

一人の侍女がそう口にすると他の侍女も同意している。

「もうっ。そんなことないわ。でも嬉しい、褒めてくれてありがとう」

時間も迫ってきているため急いで私は玄関ホールに出る。

ホールには既に父の姿があった。父の顔色はあまり良くない。今回は大きな事件のため、事件に関わった者と爵位を持つ者は原則参加となっている。我が家は父が伯爵として参加する。派閥争いに加担していなかったから影響はないけれど、これからのことを考えて慎重に動かなければいけないのかもしれない。私たちを乗せた馬車は静かに出発した。


「ユリア・オズボーン様、こちらへどうぞ」

私は会場の入り口で呼び止められた。その他大勢というわけにはいかないらしい。

「ユリア、呼ばれたぞ。行ってこい」

「……分かりました」

従者の後を付いていき、会場の脇の控室へと入っていった。

控室には騎士団の団長や大臣、宰相など。この国の顔である彼らは礼装しており、大臣たちは政務について雑談をしている様子。

「ユリア、こっちだよ」

名前を呼ばれて振り向くとそこには礼装したジョーン師匠とジャンニーノ先生がいた。

「うっ。眩しい」

礼装した師匠は王子様然としている。ジャンニーノ先生も、髭を剃り礼装に身を包んだ姿は令嬢から熱い視線を注がれるに違いないわ。

「ユリア、今日は会場で一番の美姫だね。野獣の群れが襲ってくるかもしれない。気を付けるように」

「ふふっ、そんなことありませんよ。私より師匠や先生が令嬢にもみくちゃにされそうですね」

「そうだね。楽しみだ」

先生は煩わしそうだと言わんばかりの表情だけど、師匠は満面の笑みだ。

「陛下がおいでになりました」

従者の言葉に先ほどとは空気が一変し、一同雑談を止めて、硬い表情で会場の脇へと移動する。

会場は扇形となっていて後ろに行くほど段が上がり、中央が見やすい。

宰相の合図と共に私たちは会場に入り、用意された席へと着席していく。その後、陛下が入場し、中央の席に座った。

貴族たちが発表を今か今かと待っている様子が伝わってくる。

今回の事件は王家の権威の失墜と取られてもおかしくない。今回このように貴族を呼び出して判決を公表するのは、不和を生じている貴族たちへの理解と牽制の意味合いもあるのだろう。

「静粛に。これより罪人たちが入る」

宰相の声で一同静まり返った。

騎士を先頭にブレンスト公爵、ヴェネジクト侯爵、ブロル総団長など、今回の事件に関与した主だった人物が魔法拘束の首輪を付けた上で後ろ手に縛られて入ってきた。

「これより判決を言い渡す前にこのたびの一連の事件の容疑者の名を挙げていく」

陛下が中央に立ち、従者から紙を受け取ると読み上げ始めた。

「ことの発端は王宮主催のお茶会で起こった魔獣襲撃。この主犯はファルセット・ブレンストである。ファルセット・ブレンストは公爵の地位を利用して闇の組織に依頼し、令嬢誘拐、情報の隠ぺいを魔法使いと行った。ブロル・ウエルタは情報の隠ぺいと魔法使いを王宮に引き入れることに加担した」

ざわりと会場がどよめき、宰相が「静粛に」と注意した。

ファルセット・ブレンスト公爵はランドルフ殿下の婚約者候補であるクラーラ嬢の父だ。なぜブレンスト公爵が犯人なの？　疑問に思いながら陛下の言葉の続きを聞く。

「次に、王宮舞踏会でアメリア・ハイゼンが魔獣になった事件。この件ではブレンスト家が侍女を買収し、違法薬物をアメリア・ハイゼンに服用させていた。また、シャルト・ヴェネジクトがヴェーラ・ヴェネジクトを通じて違法魔道具をアメリア・ハイゼンに渡し、彼女を魔獣に変えた。３番目に、学院で起こった事件。コリーン・レインからも違法薬物が検出された。ブレンスト家がコリーン・レインに薬物を服用させていたことが判明している。ここでもヴェネジクト家の違法魔道具が使用されていた。幸いなことに彼女は魔獣になる寸前でユリア・オズボーンにより魔獣化を防がれたため、未遂事件になった。四番目に、クラーラ・ブレンスト殺害事件。ブレンスト家の違法薬物がヴェーラ・ヴェネジクトから検出された。前述の2人とは違い、強い興奮作用と幻覚作用を伴う薬物により彼女は興奮し、クラーラ・ブレンストと護衛騎士を殺害。その他学生を殺傷した。最後に、同時刻に起こった王宮襲撃事件。この件の主犯はファルセット・ブレンスト。また、彼の指示に従ったブロル・ウエルタと隣国の地下組織の一員である魔法使いスィール。以上だ」

私を含め、傍聴していた貴族たちも「どういうことだ？」と混乱している様子。私の様子に気づいた師匠は私の頭をポンポンと撫でて笑顔で言った。

「事件は複雑だ。時間が戻る前はヴェーラとヴェネジクト侯爵だけが事件を起こしたけど、今回はランドルフ殿下の婚約者がいなかったせいでブレンスト家も王位の簒奪《さんだつ》を狙えると思ったんだろうな。細かい話は後で教えるよ。とりあえず刑を言い渡すようだよ」

私は軽く頷いて陛下の言葉を待った。

「では先ほど名の挙がった者の刑を言い渡す。まずはファルセット・ブレンスト。一連の事件の主犯。違法薬物の取引、闇の組織との取引やその他余罪が10件。妻のセリーヌと執事も同罪。広場での公開斬首刑とする。ブレンスト家の使用人は非公開で斬首。ブレンスト公爵家は領地没収の上、取り潰しとなる。次にシャルト・ヴェネジクト。隣国との違法魔道具の取引に関わった。さらに王太子の婚約者候補となっていた令嬢たちを魔獣に変え、殺害した。よって絞首刑とする。妻のケイシャ、その執事も連座で絞首刑とする。ヴェーラ・ヴェネジクトは2名殺害、13名への傷害により絞首刑。ヴェネジクト侯爵家も領地没収の上、男爵位に降格。次にブロル・ウエルタ。ブレンスト公爵家は『病気の娘を治療する』と彼を騙し、借金を背負わせた。その借金を帳消しにする代わりに悪事に加担させられていたことやその後捜査に協力したことに鑑み、炭鉱での強制労働を5年とする。ウエルタ家は男爵家に降格。刑の執行は1週間後に行う。そして事件に関与していた組織のメンバーは全て捕縛し、今回の事件はこれをもって終了とみなす。私としてはこれ以上犯罪者が出ないことを望む。以上だ」

陛下は読み上げた後、宰相にその紙を渡して席に着いた。会場は沈黙に包まれたままだ。

その後、宰相から「一連の騒動で貴族内が不和になりつつある。仮に不和が続けば内戦になる可能性も否定できない。そうなれば他国につけ入る隙を与えてしまう。一連の事件はこれによって解決を迎えたとしてこれからは国一丸となってよりよい国にしていこう」という呼びかけがされた後に解散となった。貴族たちは会話をしながら会場を出ていく。

「……ようやく終わったんですね」

「ああ。長かったね。とりあえず僕の部屋に戻ろうか」

私たちも言葉少なめに会場を出ていつもの小屋に転移した。私はソファに勢いよく座り、ふうと深く息を吐いた。師匠はどこからかお茶を出して一人お茶を飲んでいる。

「まさかブレンスト公爵が犯人だったなんて考えてもみませんでした。ずっとヴェーラが犯人だと思っていました」

私の話を聞いて師匠は笑った。

「どの家もどっこいどっこいだよ。今回、公の場では言われなかったけど、残りの2家も娘を王太子妃にするために色々とやっていた。買収だったり、魔道具を使ってたりね。まぁ、直接手を下す前にアメリア嬢は魔獣になるし、コリーン嬢は眠りについちゃったからね」

「師匠、ヴェネジクト侯爵はヴェーラを溺愛していたので、ヴェーラの望みを叶えるために魔道具を用意したりするのは理解します。ですが、クラーラの家、ブレンスト公爵は家族仲がよいとはあまり聞いたことがなく、なぜ犯行に及んだのかが分かりません」

ジャンニーノ先生は口を挟むことなく耳だけをこちらに傾け、小屋にある本を眺め始めた。

「それは単に公爵がこの国の王になりたかったからだよ。クラーラ嬢は単なる駒だった。王妃様から内々に婚約者の候補の打診をした時にクラーラ嬢を王太子妃にして王家の乗っ取りを考えていたようだ。けれどランドルフ殿下がいつまで経っても王太子妃を選ぶ気配がないことに痺れを切らした公爵は計画を元に戻し、王宮襲撃で簒奪を謀った」

「でも魔獣に変身させることはなかったのに」

「その辺りは偶然が重なった結果でしょうね」

ジャンニーノ先生は本を手に取りながら話す。

「偶然が重なったのですか？」

「ええ。ブレンスト公爵が令嬢たちの侍女を買収し、興奮薬をお茶やお菓子に混ぜて飲ませた。公の場で失言させ、婚約者候補から脱落させようとしたようです。そしてヴェネジクト家が用意した魔獣化の腕輪は、解毒作用のある腕輪だと言って令嬢たちに渡していたそうです。本来なら彼らには毒見役が必ず付いているので必要ないもの。興奮薬を飲みおかしいと感じたアメリア嬢は急いで解毒ができる腕輪を使った。いつも腕輪やネックレスを付けていなければいけないほど４人は足の引っ張り合いをしていたのかもしれませんが……」

「そうだね。ユリアが強制的にコリーン嬢を眠らせたおかげで彼女は魔獣化せずに済んだ。目覚めた彼女から聞き取りをして判明したことも大きい。ユリアのおかげだよ。謀反を示唆したブレンスト公爵も、禁術を使った魔道具を国内に持ち込み被害者を作ったヴェーラ侯爵も、極刑は妥当だろうね」

これればかりは仕方がない。両家ともそれだけ重大な事件を起こしたのだから。いっぽうで、あの場にいたブロル総団長はなぜ強制労働と降格だけで済んだのだろう。

「師匠、ブロル総団長はなぜ強制労働だけで済んだのですか？　ブレンスト公爵の指示に従ったとはいえ、王宮を襲撃した張本人なのに」

「ふふふっ。ユリア、それはだね。司法取引っていうやつだよ。もともと彼は実直な男で陛下の信頼も厚かった。彼の娘が魔力症を患っていて、娘の治療をする代わりにブレンスト公爵の悪事の手伝いをしていたんだ。もちろん彼はずっと断り続けていたんだが、娘の命が短いと知り、藁をも掴む気持ちでブレンスト公爵を頼った。娘の治療と引き換えに王宮のお茶会での魔獣襲撃事件や舞踏会の令嬢魔獣化事件の犯人隠ぺいをしていたんだ。ああ、王宮の茶会に彼は直接関わっていない。ブレンスト公爵家お抱えの魔法使いが魔法円を用意し、クラーラ嬢の妹が令嬢たちに刻まれた魔法円に魔力を流し込み、魔獣を呼び寄せた。また彼は王宮襲撃事件を起こした。最初、彼は黙秘を続けていたんだけどね。だから僕は彼のために魔力症用の魔道具を用意してあげたんだ。凄いだろう？彼は泣いて喜んでいたよ。そしてブレンスト公爵家から指示されていた内容、隠ぺいした内容、ブレンスト公爵家の悪事の証拠を全て揃えてくれたんだよ。おかげでこっちは捜査の時間を大幅に短縮できたってわけ」

「そういう理由だったんですね。でもそれにしても変ですよね。ブレンスト公爵は簒奪を狙っている割にアメリア嬢やコリーン嬢には興奮薬を飲ませるだけけって。毒や呪いを使ってもおかしくないのに。ヴェーラには興奮薬と幻覚薬を使っているんですよ？」

「敵は少ない方がいいからね。公の場で失言させ、失脚させる程度に留めておけば、娘の評価は上がり、王太子妃にできる。相手からしても失言程度であれば表立って敵に回れないからね。けれどヴェーラだけは違う。クラーラ嬢の侍女が自白したんだけど、ヴェーラだけはクラーラ嬢自ら薬を選んで、襲撃時に合わせて服用させていた。彼女はヴェーラがやったことを許せなかったようだ。父親から、学院で問題を起こしユリアの足止めをしろと指示された時、クラーラ嬢はヴェーラに殺されるかもしれないと理解しながらも薬をヴェーラに服用させ、煽ったらしい」

あの教室で亡くなったのは護衛とクラーラ嬢だった。

ヴェーラは薬で抑制が利かず、止めに入った人たちを攻撃し、クラーラ嬢を殺した。先生の話では、婚約者候補の令嬢たちみんな同じようなことをしていたと聞いて呆れたわ。

そこまでしてランドルフ殿下の婚約者になりたかったのね。

「そうそうユリア、学院へは行きたくないだろうけど、毎日出席しておくように」

「でも師匠、私はテスト内容を覚えているし、テストだけ参加するのでも良いんじゃないですか？」

「普段の授業は出なくてもいいけれど、せっかくの学生生活だよ？　楽しんだ方がいいんじゃないかな」

学院に登校するのが面倒だなって思っていたけれど、師匠の言葉に納得する。確かにそうよね。お友達と楽しく遊ぶこともうできないだろうし。私はテスト以外休もうと思っていたけれど、思い直して毎日登校することに決めた。

「師匠、私、今までできなかった分を楽しんできます！」

「うん。そうするといい。どのみち卒業してしまえば厳しい修行に本格的に入るつもりだからね！」

「え!?　今以上に厳しくなるんですか？」

「もちろん。君もジャンニーノ君も僕の弟子だからね！　立派な後継者を育てるつもりなんだよ？」

「ジャンニーノ先生もですか？」

ジャンニーノ先生は本を読みながら聞いているのかいないのか、な態度だ。

「あぁ、そうだよ。時が戻る前は腑抜けた魔法使いばかりで、殿下が隷属されても気づかない役立たずばかりだった。今回、10年前に役立たずの魔法使いを一掃したけど、まだまだ王宮には『魔法が使えるだけ』の者たちしかいない。僕が一から鍛えなおそうと思ってね。僕は王宮で顧問となり、魔法使いを育てるのと同時に君とジャンニーノ君を弟子として育て上げることにしたんだ！」

どうだ、凄いだろう？　と言わんばかりの顔で師匠は言っている。今までの過酷さはまだぬるかったようだ。

「そうそう、それでだ。ユリア、この子の世話を頼んだよ」

師匠が懐から小さな毛むくじゃらの生き物を渡してきた。よく見てみると白いふわふわな毛をした小さな子猫。丸まって静かに寝ている。

「この子はランドルフ。まだ眠りから覚めない。ユリア、毎日お世話をお願いするよ」

「……ランドルフ？　も、もしかしてランドルフ殿下？」

「そうだ。時間が戻ってからも彼の心は疲弊し続け、壊れ、いつ死んでもおかしくない状態だった。僕が作った腕輪で子猫になり、夢見の魔法で眠りについている。ああ、眠りにつく前に彼から君宛ての手紙を受け取っているけど読む？」

　私は師匠から手紙を受け取り、ゆっくりと封を開けた。


『ユリアへ。

　一番に君に謝りたかった。私は君を守れなかった。あの時、侍女が私の装具を偽物と交換していなければ、と後悔しない日はない。

　君を傷つけてしまったこと。

　苦しくて、もどかしくて死にたくて、気が狂いそうだった。

　君の泣き顔を見てもやめることができず、抵抗することもどうすることもできなくて、本当にごめん。ジョンソン殿の力を借りてなんとか時間が戻った時、すぐに君に会いに行こうとした。けれど、君は領地で元気に暮らしていると聞いて、君が望むのならそっとしておこうと考えていた。

　君が生きてさえいればそれで良かった。

　ユリアが生きている、それだけで時間を戻して良かったと思う。

　でもユリアを見た時、自分の中にまだ諦めきれない気持ちがあることに気づいた。そして、その気持ちがユリアを苦しめてしまった。
僕は、君に一目会った時から君のことばかり考えているどうしようもない男だ。
僕は、ユリアに会えたことを生涯忘れない。
どうか君は自分の思う人生を歩んでほしい。
ユリア、君には世界中の誰よりも幸せになってほしい。
ランドルフ』

手紙を読んで涙が出た。
苦しくて嗚咽するほどの感情が押し寄せてくる。
私はずっとエメやエメの家族に声を掛けて支えてもらっていた。
……でも彼には支えてくれる人がいなかった。
彼は一生懸命抵抗し、私を守ろうとしてくれていた。
必死に抵抗していた。
私、ずっと自分のことでいっぱいだった。
裏切られたと思って、耳を塞いでいたのは私。
私はそんな彼の様子に何一つ気づいていなかった。

……ごめんなさい。

私は何も分かってあげられていなかった。

彼はずっと一人で戦っていた。

私にできるだろうか。

彼が目覚めたら一番に謝りたい。

私はすぐ籠にクッションとタオルを敷き詰め、彼の寝床を作り寝かせる。彼はどんな夢を見ているのだろう。

「あぁ、彼をこの小屋から出さないようにね」

「分かりました」

こうして私は寮に戻った。


寮に戻った翌日、私は久々の学院で不安になっていたけれど、リーズやクラスメイトの元気な姿を見て安心する。やはりSクラスの人たちの中にはあの事件が心の傷になって学院を辞めて嫁いでいった令嬢も数名いたわ。ヨランド様もマーク様も顔色は悪かった。

学院ではランドルフ殿下とその周辺で起こった事件が触れてはいけない話題とされ、口を開く生徒は誰もいなかった。

一連の事件の容疑者たちの処刑が行われた後、王宮から、ランドルフ殿下は今回の襲撃で怪我をし、王太子を続けることが不可能になったため、弟のレナード殿下が王太子になると発表された。レナード殿下はまだ6歳。これから王太子教育が始まるようだ。

「ランドルフ様、ただいま戻りました。これから師匠と狩りに出かけてきますね。残念ながらジャンニーノ先生はまだ師匠の特殊結界を読み解くのに苦戦中で行けないみたい」

私はこうして毎日朝昼晩と欠かさずにあの部屋へ行き、眠っている子猫のランドルフ様に話しかけてお世話をしている。

彼は目覚める気配がないけれど、私は彼の目覚める日を待っているわ。

外伝① ランドルフが眠りにつくまで

その日、突然入ってきた騎士の伝令に執務室内は緊張に包まれた。

「ランドルフ殿下！　騎士や魔法使いの一部が謀反を起こし、王宮内で暴れています。すぐに避難してください！」

「……ヨランド、王宮内の人間を全員避難させろ。私がここに残り、時間を稼ぐ」

騎士の言葉に、私は落ち着いた言葉を返して席を立つ。

「殿下！　殿下がいなければこの国は終わってしまいます。どうか避難してください」

「心配するな、弟が王位を継ぐ。私の魔法であれば時間を稼ぐことができる。もういいんだ。お前は早く避難しろ」

言い争う私たちの間で、伝令騎士はどうしていいか分からず動けないでいた。

「ですが!!」

「ヨランド、これは王太子命令だ。皆の者、私を置いて避難せよ」

執務室にいた他の文官やマーク、オディロン、ドニは命令と聞いて立ち上がる。

ドニはマークたちに視線を送ると軽く頷き、文官を連れ避難を始めた。

「俺が必ず応援を連れてくるから、それまで耐えてくれ」

「もちろんだ。俺たちのことは心配するな。早く行け！」

ドニは苦渋に満ちた表情をする。マークは覚悟を決めているようで、取り繕うような笑顔で伝令騎士と文官たちを部屋から追い出し、鍵をかけた。

部屋に残ったのは私とヨランドとマークとオディロン。

「お前たちも早く避難した方がいい」

「殿下、私たちのことは気にしないでください。これは私たちが好きでしているだけですから」

「そうだぞ？　俺は最後までランドルフの剣であり、盾だ。離れるなんてありえない」

「……すまない」

マークは扉の前で剣を抜き、ヨランドは杖を懐から取り出し、いつでも戦闘ができるように態勢を整え始めた。

オディロンも同じ。オディロンは床に魔法円を描き、周囲の状況を調べている。

「謀反を起こしている騎士たちを先導しているのはブロル総団長のようです。……他国の魔法使いが側にいます。ブロル総団長は操られている、のか？」

困惑するように、得た情報を話していくオディロン。ヨランドは素早く情報を整理していく。

「魔法使いは何を言っているんだ？」

「……ブロル総団長に、王族を、一人残らず殺せと指示を出しているようだ。国王の執務室に向かっている。ブロル総団長は向かってくる者に攻撃しているふりをしている？」

「他に魔法使いはいるのか？」

「王宮魔法使いが3名。向かっている騎士は30名程度。こちらにも、20、いや同程度向かっているようだ。かなりの大人数が通路や部屋で戦闘しているからしっかりとした数が把握できない」

オディロンの様子から、もうすぐここに騎士たちが来ることは分かった。

自分はいつ死んでもいい。ユリアが生きてさえいればそれで十分だ。こんなに弱い私を必死に守ろうとしてくれている3人を見て心が痛む。私は守られていいような人間じゃない。

父たちは無事に避難できただろうか？

どうにか私を守ろうとしてくれているヨランドたちだけでも助けたい。

私はそう思いながら詠唱を始める。長い古語の詠唱。この魔法を使えるのは父とジョンソン殿くらいだろう。古語を理解している者はいるけれど、危険な魔法だからというのが理由だ。私が詠唱しているこの魔法は、範囲を指定し、その中に多くのゴーレムを召喚させ、敵を殲滅《せんめつ》する。広範囲になればなるほど魔力を消費する。

現在一般的に使用されている魔法は途中で魔力が尽きてしまえばその場で魔法が消えるけれど、この魔法は魔力が尽きても生命力を魔力に変換してしまうのだ。

私は王宮内を範囲と指定する。【出現せよ】、そう口にすると、床からゴーレムがいくつも立ち上がった。それと同時にゴーレムたちからの情報が一気に脳に飛び込んでくる。焼け付くような痛みに耐え、ゴーレムたちを操って、私は謀反を起こしている者たちを攻撃していく。突然現れたゴーレムに騎士や魔法使いは動揺しているようだ。

「オディロン、父の居場所は分かるか？」

「ランドルフ殿下、執務室にはいないようです。居住区まで探索範囲を広げます」

父はどこにいるのだろうか？　ゴーレムからの情報とオディロンの情報を元に探し始める。

どうやら父は執務室に戻ってきていて、母と弟は王族の居住区にいたようだ。

「ランドルフ殿下、執務室に陛下がおられます」

「ありがとう」

父たちを助けるべく、彼らの前にゴーレムを浮かび上がらせた時、ジョンソン殿が現れた。

ジョンソン殿がいれば父たちは大丈夫だろう。

父はジョンソン殿のおかげで無事に避難できたようだ。

父は目の前に現れたゴーレムを見て苦悶の表情を浮かべていた。私がしていることに気づいたようだ。

……やはりこの魔法は激しく魔力を消耗する。

息が上がり、立っていることもままならず膝を突いた。

「殿下、大丈夫ですか⁉」

「だ、大丈夫だ。形勢は逆転した。もう少し、だ」

魔力が底を突き、生命力が魔力に変換され始める。……敵は扉の前にいる。かなり数を減らしてはいるが、それでも敵は残っている。３人だけは守らないと。部屋の外は騒がしい。もうそこまで来ている。

バンッ!!!

突然扉は開かれた。マークもヨランドもオディロンも敵と対峙するような姿勢を取った。

「ランドルフ、助けにきたぞ」

私たちと歳が近い見た目の男。ジョンソン殿だ。

ジョンソン殿は私の状態をいち早く見抜き、不機嫌にずかずかと私の前までくると頭を叩いた。

「馬鹿者！　お前は死と引き換えに彼らを助けようとしていたんだろうが、百年早いよ」

彼は私の頭を叩いたと同時に、行使していた魔法を強制的に止めていた。

ヨランドたちは状況を見守っているが、ジョンソン殿の言葉に顔色を悪くしている。

「ランドルフ、疲れすぎだ。周りをよく見ろ。お前は一人じゃない。それに今、学院も同時に襲撃されている。お前が死ねばユリアはどうなるか」

「……ユ、ユリア……。助け、ないと……」

ジョンソン殿は呆れたように大きく息を吐いて、私の頭をもう一度叩いた。

「魔力の尽きた状態でどうやって助けるんだ？」

「だけど、ユリアが……」

ユリアを危険にさらせない。一刻も早くユリアの元へ行こうと力なく立ち上がろうとしたが、ジョンソン殿が腕を組んで不満を態度で示してくる。

「ユリアのことは心配いらない。ランドルフは少し休むように」

ジョンソン殿がそう言うと、今度は私の頭に優しく手を乗せて魔法をかけた。

気がつくと自分のベッドの中だった。


「目覚めたかな？」

「……ユリア、は……？」

「ああ、心配ないよ。全て終わったから。ランドルフ、無理したね。まったく、君もユリアも目を離すとすぐにしでかすんだから」

呆れたと言いつつ、ジョンソン殿は侍女に淹れてもらったお茶を飲んでいる。

「君の魔力はまだ半分程度しか回復していない。寝ている間に君を診察したが、かなり生命力も削ったね。おかげで王宮は大きな被害を出さずに済んだが、君は心も一緒に削った。ユリアのことだけで生きていると言ってもおかしくないな」

「……」

「私は否定派だから最後まで使いたくなかったが、夢見の魔法を君に使おうと思う」

「……」

私は思い残すことはないし、ジョンソン殿の提案に乗ることにした。

「……私は、楽になりたい」

「そうか。なら最後にユリアに手紙を書いたらどう？　時間が巻き戻る前の記憶は彼女も持っているんだし、伝えたいことはあるんだろう？　これが最後なんだし、自分の気持ちを書けばいい」

自分の気持ち。

私は苦しくなり、胸を押さえた。ああ、ユリア。大切なユリアを酷い目に遭わせてしまった。

自分はもうこの世からいなくなるだろう。

最後に、最後に……。

彼女への思いを書く。

私は侍女に手紙を用意してもらい書いていく。いざ手紙を前にすると、言い訳ばかりが浮かんでくる。

自分の心の弱さに涙が出てきた。

何度も書き直した。

書いていくうちに自分の気持ちが不安定になっているのを自覚する。

ユリアの側にいたい。

共に笑い合いたかった。

私が涙を流しながら書いているのをジョンソン殿は静かに見守ってくれている。

「書けたみたいだね」

「……」

「辛かっただろう。夢見の魔法をかける前にこの腕輪を嵌めておいて」

「これは？」

「これは動物に変身する腕輪なんだ。僕が作った。凄いだろう？　これを使えば動物のままでいられる。夢見の魔法で起きられないのに、王太子の体では色々と不都合が起こるかもしれないからね」

「……」

私はジョンソン殿から腕輪を受け取り、何になるかを考えた。すると、みるみるうちに白いふわふわの猫に変身する。

「可愛くていいんじゃないかな。では夢見の魔法を使うよ。大丈夫だ。何も心配はいらない。今はゆっくり体と心を癒し、目覚めればいい」

「ニャー」

この白い猫を選んだのは、遠い昔、ユリアがまだ婚約者になる前のお茶会で話をした時に言っていたからなんだ。

「私は白くてふわふわの毛をした猫が飼いたいんですが、父も母も許してくれなくて。ふわふわの毛を撫でて抱っこしたいんです。大人になったら絶対に飼うって決めているんです」彼女の笑顔が眩しかった。あの時からずっとユリアのことだけだったなと、私はクスリと笑いながら夢に落ちていった。

外伝② ランドルフの夢の中

「ランドルフ様！　ここにいらしたのですねっ」

ヴェーラの声がする。

何度も何度も断っても諦めない彼女には辟易する。ここはジョンソン殿が私に使用した夢見の中。ここでもヴェーラ・ヴェネジクトは執拗に私を求めて姿を現してくる。ユリアは必死に現実と戦い、前を向いている。けれど、私はこの夢の中に逃げ込んだといってもいい。だが逃げても逃げてもヴェーラはこの夢の中でさえも現れてくる。

夢見の中では最初、ユリアが現れた。辛いなら全て手放せばいい。一緒に過ごそうと言ってきた。2人でピクニックを楽しんだり、お茶を飲んだり、街に出かけて服を選んだりと、今までにないほどゆったりと過ごす時間だった。これは夢で、逃げだとは理解している。だが、ずっとこうしてユリアと2人で過ごしたかった。幸せなひとときに擦り切れていた自分の心が満たされていくのが分かる。

ああ、嬉しい。

幸せだ。

もう、この幸せを手放したくない。

夢から目覚めたくない。


そう思っていた。だが、彼女は突然現れた。

「ランドルフ殿下！　私というものがありながら！　浮気なんて許さない！」

赤い髪を振り乱しながら般若のような顔をしているヴェーラ。幸せな気持ちを踏みにじっていく彼女に怒りを覚えた。

「今も昔も、私にはユリアだけだ。これ以上私に関わらないでくれ」

すると彼女は私の声などまるで聞いていないかのように笑い声を上げ始めた。

「うふふっ。ランドルフ殿下。今日はカサノーヴァから取り寄せたお茶を淹れますわ。あの時のように熱い夜を過ごしたいわ。あははは」

今まで忘れていた記憶がヴェーラによって呼び覚まされ、苦しみで動けなくなる。

嫌だ。

これ以上あの女と関わりたくない。

私は気づけば攻撃魔法を彼女にぶつけていたが、あの女は笑い声と共にフワリと消えていた。

そしてどこからか声がする。

「あははっ。馬鹿なランドルフ殿下。私を好きになればいいのよ。全てが上手くいくわ。あんな不細工で下品な女のことなんて忘れてしまえばいいわ！」

その言葉と共に空間がぐにゃりと曲がり、一瞬にしてどこかの部屋に変わった。そして椅子に縛り付けられている。

「……ここはどこだ？」

「ふふふっ。ランドルフ殿下、これで貴方は私のもの。ふふふっ。この魔法からは逃れられないのよ？　ふふふっ、あははは」

背後からヴェーラの声がしたかと思うと、彼女は私の目の前に立ち、隷属の魔法をかけた。

「ふふふっ。これで逃げられないわ！　あははは。キャハハ」

どこか壊れた人形のように笑い声だけがこだまする。

また私は彼女の言いなりになるのか？

夢見の中でも……。

忘れていた絶望が心を支配する。

私は、もう、駄目かもしれない。

記憶という苦しみが体にのしかかってくる。

……どこからかユリアの声がする。

「ランドルフ様、負けないで」

あぁ、ユリア。彼女にとっては小さなことなのかもしれない。

だが私にとって彼女の一言は希望を与えてくれるものだ。

ヴェーラに負けるわけにはいかない。

私は気持ちを持ち直し、魔力を循環させ始める。きっと隷属を打ち破る手立てはあるはずだ。

そこから何度も何度も自分に刻まれた隷属の魔法円を壊すことをイメージし、様々な方法を試していく。


どれくらい経ったのか。何度も諦めかけたけれど、その時は突然訪れた。

――パキリッ。

首元に刻まれた隷属の魔法円がひび割れたかと思うと、ぱらぱらと崩れていった。

……ようやくだ。

ようやく隷属に抵抗できるようになった。

私は、あの思いを繰り返したくない。

私は椅子から立ち上がり、部屋を出ようとするが、部屋に扉はない。外に出る方法がないか探しているとまたヴェーラの声が響き渡る。

「忌々《いまいま》しい。早く私のものになりなさい。どうやったってこの部屋から出ることは叶わないのよ！」

私はヴェーラの言葉を無視して部屋に魔力を流してみたり、コンコンと叩いたりして弱いところを探している。たまに聞こえてくるユリアの声。学院であったことやジョンソン殿の課題を話している。

ユリアの声を聞くたびに勇気が出る。

早くここから抜け出さないと。

だがヴェーラがことあるごとに邪魔をしてくる。あいつに負けていられない。

隷属の魔法円を壊した感覚を思い出し、この部屋を魔力で埋めていると、パサリと衣が擦れる音がした。音の出所に視線を向けると、そこにはユリアの姿があった。

夢見の中に入ってきた？

私は不安になりながらも久しぶりに見たユリアの姿に涙が出そうになる。

だが、ここにいると危険だ。ヴェーラが何かするかもしれない。

急いで声を掛ける。

「ユリア、ユリア」

「……ん？　ランドルフ、様？」

目をこすりながら私を見るユリア。目覚めたことにほっと安心すると共にユリアの魔力を見て心配になった。魔力がほぼ枯渇している。

彼女は魔力を枯渇するほどの厳しい修行をしているのか。

魔力が枯渇した状態で私の体に触れたため、夢見の魔法に引き込んでしまったのかもしれない。

「大きな魔法をたくさん使ったのかな？　手を出して」

魔力が枯渇した状態はあまりよくない。私はすぐにユリアの手を取り、彼女に自分の魔力を流す。

すると私の魔力を帯びた彼女はふわりと光を帯びはじめた。私の魔力を彼女自身の魔力へ変換し始めたからか、夢は異物と判断し、彼女は私の夢から追い出されるようだ。

「無理はしないようにね」

「でも、私は強くなりたいんです。ランドルフ様が命を掛けて私を助けてくれた。私は、私は何も分かっていなかったの。もう、後悔したくなんてない。強くなってランドルフ様を傷つける全てのものから守り抜くために」

彼女の気持ちを聞いた私は、ユリアを強く抱きしめたい思いに駆られる。

彼女の側にいたい。

でも今の私にはどうすることもできない。

そのことが悔しくて、苦しくてしかたがない。

「ユリア……私はいつも君の言葉に勇気を貰っている。今もこうして私は君に救われている。ごめん、もう時間だ」

「待って。やっと会えたのに。話したいことがいっぱいあるの」

段々と彼女は光の中に消えていく。

「ユリア、ありがとう。世界で誰よりも君のことを思っている」

私の声は届いただろうか。彼女のいなくなった後、私はじっと手を見つめた。

あとがき

はじめまして。まるねこと申します。この度は多くの書籍の中から『時を戻った令嬢は別の人生を歩みたい』を選んでいただきまして、ありがとうございます。あとがきを書く栄誉をいただいたので、本作を書くきっかけの話について書いていこうと思います。

私は主にＷｅｂ小説を読むのが好きで、特に異世界恋愛など時間があればずっと読んでいます。でも、読んでいてふと思ったんです。小説を読んで感動した、悲しくなって涙が止まらない、冒険の好奇心が止まらない。面白いと思う作品はありますが、人の琴線に触れるような作品はとても少ない。自分も人の琴線に触れるような作品を書きたい。そう思い作品を書き始めました。

じゃあ、どんな作品を書いていこうか？　そう考えた時に異世界恋愛かファンタジーがいいかな？なんて考えてカテゴリーはあまり悩まなかったですね。いつも異世界恋愛カテゴリーに埋まっているから書きやすかったというのもあります。

次にどんなものがいいのかと考えた時、自分の感情が揺さぶられるものがいい。人はどういう時に辛いという感情を出すのか、苦しいと思う感情とは何かを考え、薄っぺらい辛さにしたくなかったんです。よく「異世界転生する前は辛くても生まれ変わったんだし、前向きに生きるわ！」という超絶ポジティブ主人公は多いのですが、現実の人間ってそんなにすぐに気持ちを切り替えるって難しいんじゃないかなって思ったんですよね。物語だから主人公の心の切り替えは早い方がいいんですが、そこに私たちが感じる心の動きを入れたいという思いがありました。

私たちはストレスに曝されれば鬱になるし、適応障害や様々な病気のスイッチをオンにしてしまう。嫌なことから目を背けたい、忘れたい、前向きにいきたいでも難しい。小説の中でもトラウマや感情鈍麻、感情麻痺を取り入れ、どう表現するのか。そのことに重きを置いて書いていきました。

そしていつも気にしているのは読者様からの感想ですね！　毎回、作品をＷｅｂ上で公開している時にいただける感想を次に活かせるようにと心に留めています。褒めてもらえば本当に嬉しくなるし、指摘された点はとても勉強になっています。この作品を読んでくださった方々の感情を少しでも揺らすことができていればとても嬉しく思います。

ここまで応援してくださった方々には、本当に、本当に感謝で一杯です。そしてこの作品に書籍化の機会をくださった編集さんや、素敵なイラストを描いていただいた鳥飼やすゆき先生には感謝の念に堪えません。これからも作品を書き続けていきますので、皆様にまたどこかでお会いできることを祈っております。

２０２４年12月

まるねこ

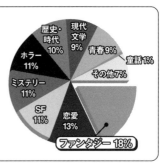

悪役令嬢
著：香練
イラスト：羽公
エリザベスの幸せ
お優しい殿下。10分29秒いただけますか？
あなたに真実を
教えてあげましょう

婚約者の王太子から、“真実の愛”のお相手・男爵令嬢へのイジメ行為を追及され――
始まりはよくあるテンプレ。特別バージョンの王妃教育で鍛えられ、悪役を演じさせられていたエリザベスは、故国から“移動”した隣国の新天地で、極力自由に恋愛抜きで生きていこうと決意する。
ところが、偶然の出会いを繰り返す相手が現れ――

幸せな領地生活を送りたいエリザベスは、いろいろ巻き込まれ、時には突っ込みつつも、前を向き一歩一歩進んでいく。最終目標、『社交界の“珍獣”化』は、いつ達成されるのか。

定価1,430円（本体1,300円＋税10%）　ISBN978-4-8156-3083-6

ツギクルブックス

https://books.tugikuru.jp/

ツギクルブックス

愛読者アンケートに回答してカバーイラストをダウンロード！


愛読者アンケートや本書に関するご意見、まるねこ先生、鳥飼やすゆき先生へのファンレターは、下記のURLまたは右のQRコードよりアクセスしてください。

アンケートにご回答いただくとカバーイラストの画像データがダウンロードできますので、壁紙などでご使用ください。

https://books.tugikuru.jp/q/202412/tokiwomodottawatashi.html

本書は、「小説家になろう」（https://syosetu.com/）に掲載された作品を加筆・改稿のうえ書籍化したものです。

時《とき》を戻《もど》った私《わたし》は別《べつ》の人生《じんせい》を歩《あゆ》みたい

2024年12月25日　初版第1刷発行

著者　まるねこ

発行人　宇草 亮
発行所　ツギクル株式会社
〒105-0001　東京都港区虎ノ門2-2-1
発売元　SBクリエイティブ株式会社
〒105-0001　東京都港区虎ノ門2-2-1

イラスト　鳥飼やすゆき
装丁　株式会社エストール

印刷・製本　中央精版印刷株式会社

ISBN978-4-8156-3084-3
Printed in Japan